# 郑州郑州

张广智 著

中原出版传媒集团
中原传媒股份公司

大象出版社
·郑州·

图书在版编目(CIP)数据

郑州 郑州 / 张广智著. — 郑州 : 大象出版社,
2020. 6 (2022. 1 重印)
ISBN 978-7-5711-0624-9

Ⅰ. ①郑… Ⅱ. ①张… Ⅲ. ①随笔-作品集-中国-
当代 Ⅳ. ①I267. 1

中国版本图书馆 CIP 数据核字(2020)第 086284 号

**郑州 郑州**

ZHENGZHOU ZHENGZHOU

**张广智 著**

---

出 版 人 王刘纯
责任编辑 王军敏
责任校对 李婧慧 牛志远
装帧设计 王莉娟

---

出版发行 大象出版社(郑州市郑东新区祥盛街 27 号 邮政编码 450016)
发行科 0371-63863551 总编室 0371-65597936
网 址 www.daxiang.cn
印 刷 郑州新海岸电脑彩色制印有限公司
经 销 各地新华书店经销
开 本 640 mm×960 mm 1/16
印 张 17.5
字 数 173 千字
版 次 2020 年 6 月第 1 版 2022 年 1 月第 2 次印刷
定 价 58.00 元

若发现印、装质量问题,影响阅读,请与承印厂联系调换。
印厂地址 郑州市鼎尚街 15 号
邮政编码 450002 电话 0371-67358093

# 弹指四十年（代序）

四十年在时间长河里，不过一瞬。在一个人的一生里，那可是很长很长的一段时间。你身体再好，能整出几个四十年来？

我在老家只生活了二十年，那是故乡呀！魂牵梦绕，不知哪天做梦就回去了。家人都在，包括已经去世多年的奶奶，场景还是原来的场景。

如今我已在郑州生活了四十年，当然也可以说工作了四十年。时间是在老家的两倍，虽然两地况味有别，但我可以说，这郑州啊，就是第二故乡，就是咱的郑州，咱就是郑州人。

我是在开封读的河南大学，毕业后分配到郑州工作。从豫东偏远农村，到开封去读书，一下子就觉得天地大了许多。你想，集上（公社所在地）比村里热闹，县城比集上热闹，开封比县城又热闹多了去了。如今又到了郑州，到了省城，一来就迷路了。

从开封坐火车到郑州，一路都是向西，进了郑州火车站停下时却是南北向。谁知道这坐火车和坐汽车不一样，坐汽车转弯时你看得着，火车拐弯时没注意，下车时还认为是东西向。迷迷糊糊出了车站，走人民路去单位报到，经过二七纪念塔，附近还有河南人民剧院。因为我在车站已经迷了方向，看河南人民剧院在东北角，当时也没觉得有什么不对。过了两天，我从单位去火车站乘车回家过年，走的也是人民路，经过二七纪念塔，嘿，河南人民剧院居然坐落在了西北角。先入为主，或者说将错就错，好长时间我从人民路经过二七纪念塔，总把河南人民剧院挪过来挪过去。心里暗自埋汰自己，真是土包子进城!

二七纪念塔，这可是郑州的标志。河南大学的隔墙就是铁塔公园，铁塔就在学校旁边矗立着，所以称呼河南大学的学生为“铁塔牌的”。二七纪念塔既然是郑州的标志，社会上就把郑州大学的学生称为“双塔牌的”。初来郑州工作时，还很少看到高楼大厦，二七纪念塔既秀气又高大，与周围建筑物比起来，可谓是鹤立鸡群、一柱擎天。可不知不觉间，二七纪念塔怎么变矮了，二七广场怎么变小了，河南人民剧院也没了。再经过二七纪念塔时，心里那份迷路的尴尬是没了，却隐隐地觉得少了些什么。

单位的家属院位于顺河路上，我住的楼下就是司家庄的麦地。推开窗户往外看看，好像回到了老家村头。地里麦子已经返青，稀稀落落几棵树，有的刚刚抽叶，离得远认不出是什么树。开着耀眼紫花的肯定是泡桐，树下还有几座隆起很低的坟头，有几只鸡在那里刨食，还有一头猪，也在那里拱麦根儿。再往远处看，迷蒙着的淡淡的烟霭，混沌了天际。如果在晚上，窗外有零星的灯光，虽然没有火热的工厂、楼厦的繁灯，但仍可看到明月和寥落的星星。

后来工作单位换了，住的地方也换了。新单位的家属院坐落

在东风路上。刚搬去时，东风路宽是挺宽，但没铺柏油，还是土路，路中间的车辙沟很不规则地延展着，骑自行车没点儿真功夫，还真有人仰车翻的可能。有一天下大雨，文化路与东风路交叉口积水很深，有几辆汽车已在水里漂浮如舟，我们一群人站在路边引颈观望，等着交警的指挥，不敢贸然下水。那时的东风路，向东通到花园路，连经三路都到不了。今天的东风路，不但向东延长成东风东路，通到熊儿河还不过瘾，又一转弯向南弄出个东风南路来。现在住的地方，西面是东风东路，东面是东风渠，上班走东风南路。这就要退休了，整这么多“东风”干啥！

少年心事当拿云。年轻时什么都敢想，上天入地，纵横四海，一副舍我其谁的气概。现在老实了，尘埃落定，一辈子也就是从花园路东走到花园路西。我参加工作时的省教育厅，在花园路东的54号楼，楼址就在花园路立交桥的东北角，已拆掉十多年了，据说要建个什么高档酒店。现在的工作单位是省政协，在花园路西，铁定要在这儿退休了。省教育厅和省政协，论东西隔着路，论南北直线距离不超百米。这就是我一辈子工作的起点和终点。

下班了，站在花园路上，南北看看，花园路还是那条花园路，只是车多了，楼高了。总还少点儿什么吧？对了，路两边那树冠硕硕、枝柯相连的法桐不见了。

四十年了，人生易老心未老，换身轻薄裤褂，到新建的这园那园，到古老的运河黄河，去走走、去看看吧。

# 目 录

## 卷一

## 卷二



## 卷三

卷一

# 万山之祖

这里要说的嵩山，不是文化意义上的嵩山，而是自然界的嵩山。论高大，嵩山在世界排不上，在中国也排不上。但要论起年龄，论起构造和地质景观，嵩山可是自有一番不寻常的来历。

## 一

说嵩山的年龄可不像说人的年龄。人的年龄从出生算起，年月日说得清，多少岁说得清。山的年龄，那是和地球的地质运动相联系的，一说都是多少亿年。加上沧海桑田的变化，更是纷繁复杂。

地球形成于大约 46 亿年前，地质学界又把这 46 亿年划分成四个大的阶段：第一阶段为始古宙，时间从 46 亿年前至 38.4 亿年前，是地球的最初形成阶段；第二阶段为太古宙，时间从 38.4 亿年前至 25 亿年前，这一阶段地球产生了水和大气；第三阶段为元古宙，时间从 25 亿年前至 5.7 亿年前，这一阶段原始生物开始生成和繁殖；第四阶段为显生宙，时间为 5.7 亿年前至今，这个阶段，发生了彗星撞击、俘获月球、加入太阳系三件大事，这三件大事使地球的山川地貌、生物物种发生了巨大变化，基本形成了今天我们所拥有的地球。

根据有关地质学家的研究成果，嵩箕山系 32 亿年前形成古陆块，28 亿年前古陆升出海面，25 亿年前第一次成山，18 亿年前第二次成山，8 亿年前第三次成山，4.38 亿年前第四次成山，2.5 亿年前第五次成山，就是今天的嵩山。若问沧海桑田事，请君只向嵩山看。

30 多亿年前，地球上还是一片汪洋大海，是大陆地壳形成的时期。当时的嵩箕山系，岩浆喷涌，奔流四溢。随着岩浆活动的减弱和温度的降低，陆核凝结而成。随着物质的不断沉积，嵩箕山系的古陆块形成了。这就是嵩山成长的基础。所以我们说嵩山的年龄有 32 亿年了，甚至可以说它有 36 亿年了。

28 亿年前，随着海水的退去，嵩箕古陆块露出了海面，这是中国最早露出海平面的陆地，也是欧亚大陆板块中最先露出海平面的陆地。嵩山清晰可见的太古宙岩石，形成于 36 亿年前至 30 亿年前之间，不说全国的山中找不到，在全球的山中也很稀少。

## 二

荥阳人张伯声，是美国斯坦福大学地质学高才生、河南大学的知名教授，1950 年应河南省政府邀请，参加豫西矿产考察。他在嵩山发现了片麻岩与石英岩之间的不整合接触关系，经过实验分析，发现这是嵩山这一特殊地貌所代表的地壳运动遗迹，后被命名为“嵩阳运动”。嵩阳运动是全球构造三大运动之一，是发生在距今 25 亿年的全球性地壳运动，也是划分太古宙和元古宙的界限。界面之下是太古宙沉积层，界面之上是古元古代沉积层——嵩山群。所以，嵩阳运动是嵩山构成的一个重要阶段。

发生在距今 18 亿年左右的中岳运动，是又一次强烈的造山运动。这次运动使整个嵩山群协调一致地产生了紧密的走向近南北，轴面向西倾斜、向东倒转的变化。

发生在距今约 8 亿年至 5.43 亿年间的少林运动，使五佛山群形成了近东西向的平缓开阔褶皱，并伴有与褶皱平行或垂直的断裂组合。

中国地质学界把地球从 32 亿年前开始的地壳运动分成十一个构造期，如果一个构造期像人类一样算一代，发生在距今 25 亿年的嵩阳运动，属于第四代；秦岭山系发生在距今 2.4 亿年的印支运动，属于第十代；喜马拉雅山系最年轻，发生在距今 250 万年的喜马拉雅运动，属于第十二代。

## 三

嵩山不但辈分高，地质家庭也和睦共生，号称“五世同堂”。太古代、元古代、古生代、中生代、新生代，都能在嵩山寻找到其明显遗存，令中外地质学家叹为观止。嵩山就是我们地球演化的缩影。

如果要看嵩阳运动遗留下的地质景观，可以到峻极宫东西一线，那里由缓变陡处就是嵩阳运动的不整合面，行迹清晰，上面是太古宙片麻岩，下面是元古宙变质砾岩。

中岳运动造成的不整合面，在嵩山随处可见，保存完整，处于少林水库西崖的一座小山，就是中岳运动的遗留。

少林运动的不整合剥面，位于少林寺西边的山梁上，露头良好，界面清楚。

另外，印支－燕山运动对嵩山形成最后风貌也有明显影响。

嵩山地质景观包括滑力运动、褶皱遗迹、节理构造、断层地质等，稀有的自然属性、较高的美学观赏价值和众多的地质遗迹分布，使嵩山成为名副其实的世界地质公园。

所以，我们说嵩山是万山之祖，它绝非浪得虚名。

# 天地之中

登封有一句民谣：“天有心、地有胆，大心地胆在告县。”告县就是现在登封的告成镇，告成镇有周公测景台，还有元代郭守敬创建的观星台。

2010 年 8 月 1 日，联合国教科文组织第 34 届世界遗产大会在巴西首都巴西利亚召开，大会决定把登封“天地之中”历史建筑群列入世界遗产名录。此建筑群包括世界文化遗产 8 处 11 项：周公测景台、中岳庙、汉三阙（太室阙、少室阙、启母阙）、嵩岳寺塔、观星台、少林常住院（含初祖庵、塔林）、会善寺、嵩阳书院。历经汉、魏、唐、宋、元、明、清各个时期，上下绵延 2000 余年。这些建筑是一部固体的史，是一部手触的诗。

## 一

“天地之中”和西周的建立具有紧密联系。周武王打败殷纣王之后，建立了西周。摆在武王面前的重大课题是怎样稳定局面和巩固政权。

周是商的封国，地处偏僻。一个偏僻的诸侯国，推翻了自己的宗主国大邑商，一要让天下知道周灭商的合理性，二要有统治天下的治理措施。

嵩山太室山又叫天室，自古人们就认为这里是神居住的地方，是天子与神沟通的地方。《尚书全解》说："以土圭之法测土深，正日景，以求地中，天地之所合也，四时之所交也，风雨之所会也，阴阳之所和也。然则百物阜安乃建王国焉。"周武王给周公留下了"定天保，依天室"的遗嘱，武王认为，周是夏的后代，夏代世居天室附近，"此天下之中，四方入贡道里均"。武王去世后，周公在登封告成立表测影，得天地之中，遂营都洛邑，实现了武王临终时的政治交代。

古代人认为天是圆的，地是方的，周公在测影时，东西南北中立五表，告成为中表。按《周礼·地官·大司徒》：风影于地，千里而差一寸。中表一尺五寸，代表地一万五千里。中表就是天圆地方三万里数之中，这就是地中。中表到夏至这一天看不到表影，所以是三万里的天地之中。周公测景台，也叫无影台。

古人以中为尊，形成积淀深厚的中文化。嵩山为中岳，河南为中原、中州，中华、中国在这里发源、发展、壮大。

牧野之战，武王灭商。为了体现其正当性，武王首先会同各路诸侯，在嵩山举行隆重的祭天仪式。周代青铜器何尊的铭文有明确记载："唯武王既克大邑商，则廷告于天。曰：余其宅兹中国，自兹乂民。"这也是目前发现的最早见诸文字的"中国"一词。

得中原者得天下，只有占据中原，才能控制四方，坐拥天下。"王者必居其中"，有多少王朝都想把自己的都城建在天地之中，所以洛阳才成为十三朝古都。嵩山是天室，是神居住的地方，君权神授，天子在这里可以与神会，聆听天的指示。世间的事，也由天子在这里上达天听。

天地之中在河南，河南人把“中”字挂在口头，不说“行不行”，而说“中不中”。一个“中”字，包打天下。

## 二

嵩山地区有高山，有丘陵，有平原，雨量充沛，气候湿润，加上处在南方稻作区和北方粟作区的交会地带，有适于耕作的黄土，宜耕宜居，是孕育人类农业文明的理想之地。苏秉琦先生曾提出很具影响力的“满天星斗”说，中华文明始创时期的文化包括仰韶文化、大汶口文化、河姆渡文化、巴蜀文化、荆楚文化、红山文化、大地湾文化等。八方风雨会中州，最早走向成熟的是以仰韶文化为代表的中原文化，形成了所谓的多元一体模式。中原文化之所以能率先走上文明的大道，这和她特殊的优越地理环境有关，也和她包纳和融的特质有关。

# 三渎之会

国之具象，人们总爱以著名的山河代指。我国古代就用“五岳四渎”代指中国：“五岳”包括泰山、华山、衡山、恒山、嵩山，“四渎”包括黄河、长江、淮河、济水。郑州不但拥有中岳嵩山，还有黄河、淮河、济水三渎。这里只说水，不说山。

## 一

渎者，独也，可以独流入海者谓之渎。历史上济水确是独流入海的，所以才把它列为四渎之一。《尚书·禹贡》中记载：“导沇水，东流为济，入于河，溢为荥；东出于陶丘北，又东至于菏；又东北，会于汶；又北东入于海。”这不但可以从诸多古籍中看到，就是现今正在使用的地名也可以佐证。譬如济源、济阳、济宁、济南，这些地名都拜济水所赐。

据说济水三隐三现，虽水清而微，仍能独流到海，很有点儿君子之风。济水不争，在地下流，济南趵突泉就是济水入海前再涌流到地面上形成的。

济水和郑州有着紧密的关系，荥阳就是因济水而得名。清康熙《荥阳县志》载：“按县以荥名者，取《禹贡》荥波既潴之义，盖济自温县潜行入河南，溢为荥。而荥邑旧治在荥水之北，故曰荥阳。”这里说的荥泽，就是济水溢出地面形成的。如果济水真在地下流淌，又不知要经过郑州多长的距离呢。

## 二

淮河也是四渎之一，郑州处在豫西山区向豫东平原的过渡地带，大部分区域属于淮河流域。有意思的是，你站在黄河大堤上看黄河，大堤南边却不是黄河的地盘，而是淮河的地盘。

郑州流入淮河的河流有贾鲁河、惠济河、颍河、双洎河等。

贾鲁河，战国时称鸿沟，汉时称浪荡渠，唐宋时期称蔡河，元代为纪念贾鲁治河有功，改称贾鲁河。

惠济河发源于郑州，流经开封，最后流入涡河，涡河入淮河。

颍河是淮河的最大支流，发源于嵩山东麓。

双洎河是淮河的支流，溱水、洧水在新密曲梁镇交流寨汇合后叫双洎河。传说黄帝拿不定主意是让大儿子玄嚣还是小儿子昌意继承王位，就和大臣们一起考验他俩。黄帝给他俩一人一个葫芦，并对他们说，每个葫芦里的水能流 200 里，这里离颍河 300 里，谁能让葫芦里的水流到颍河，谁就继承王位。弟兄俩怎么试验水也流不到颍河。还是玄嚣出了主意，告诉昌意，我们俩的水一块儿倒，能流 400 里，那不就到颍河了。黄帝见了非常高兴，说弟兄两个都非常聪明，并且知道团结的力量，都有继承王位的资格。弟兄两个互相谦让，昌意说这是哥哥想出来的主意，应该让哥哥继承王位。为了纪念此事，黄帝就把玄嚣葫芦里倒出的水叫溱水，把昌意葫芦里倒出的水叫洧水。这里也是《诗经·郑风》的发源地。

## 三

黄河就奔腾在邙山脚下，郑州人吃的就是黄河水，郑州人说黄河是母亲河，一点儿都不夸张。黄河风景名胜区的邙山上，塑有汉白玉的《哺育》雕像，一个温柔贤淑的母亲怀抱一个可爱的婴儿。母亲大可指中国，小可指中原，再小可指郑州。

黄河这条母亲河，可是有性格的河。这性格不只表现为开山辟路，携沙卷涛。从郑州进入平原后，她向东北方向流，不耐烦了就往南占了济水的河道入海，不新鲜了又往南占了淮河的水道入海。后来又回占了济水，使济水只好从地下东流入海。

郑州作为河南这个中原大省的省会，占有三渎之会。站在邙山头上，可以看到奔流不息的黄河，黄河大堤的南岸就全是淮河流域，地下流的是济水。天下四渎，竟有三渎交汇于郑州，这恐怕是少有的。历来人因水而聚，城因水而兴，郑州得不兴乎！

# 五岳之尊

五岳是对五大历史文化名山的总称，分别是东岳泰山、西岳华山、南岳衡山、北岳恒山、中岳嵩山。它们是古代民间山岳崇拜、五行观念和帝王巡猎封禅相结合的产物。五岳后来为道家所继承，被视为道教名山。

## 一

民间对五岳的形态，有一个拟人化的概括，说是泰山如坐，华山如立，衡山如飞，恒山如行，嵩山如卧。我喜欢嵩山的“卧”，人不管是走着跑着，站着坐着，论安稳大气，都不如卧着。五岳之中，卧着的只能是中岳嵩山，只有嵩山能够卧着。论风致，明高启《咏梅诗》有“雪满山中高士卧”，你不能让高士行跑站坐。北窗高卧的陶潜，东山高卧的谢安，都是高士。汉代汲黯卧理淮阳，那也是一段政事清简、无为而治的佳话。谢朓有诗赞曰：“淮阳股肱守，高卧犹在兹。”

民间对于五岳的景观也有个概括，说是泰山天下雄，华山天下险，衡山天下秀，恒山天下奇，嵩山天下奥。其实嵩山也有雄险处，也有灵秀处，也有沧桑处，也有幽深处，但人们赐嵩山一个“奥”字，真不得不说独有传神处。奥，可以解为博，可以解为深，可以解为秘，可以解为妙。博大精深，奥妙无穷。

## 二

五岳体现着古老的五行文化，金木水火土，东西南北中。土在五行中，性承载，用稼穑，位于中央，四方来仪。嵩阳书院大门有一副对联，传说是乾隆御笔，上联是“近四旁惟中央统泰华衡恒四塞关河拱神岳”，下联是“历九朝为都会包伊瀍洛涧三台风雨作高山”。

道家把五岳都作为自己的名山供奉。张道陵，本名张陵，是张良八世孙，早年在嵩山修行多年，从嵩山石室得到了《三皇秘典》和《黄帝九鼎丹书》，后来创立了五斗米道，成为第一代天师。北魏时嵩山道士寇谦之对天师道进行革新整顿，创立新天师道，也叫北天师道，使天师道重新焕发活力。北魏太武帝对寇谦之非常器重，崇奉其为国师，嵩山中岳庙也被后世奉为新天师道祖庭。后来很多著名道家人物都和嵩山有密切关系，如王远知、潘师正、司马承祯、吴筠、元丹丘、丘处机等。

嵩山还是佛教名山，号称山上有七十二峰，山下有七十二寺。建于东汉明帝永平七年（64 年）的慈云寺，是由天竺高僧摄摩腾、竺法兰创建的第一座民间寺院，素有“中华第一寺”之称。少林寺更是闻名天下，是中国化佛教禅宗的祖庭。大法王寺，和慈云寺、白马寺并列为中国建寺最早的寺院。

嵩山还是儒学名山，是宋明理学的重要发祥地。嵩阳书院是宋代四大书院之首。不但程颢、程颐在这里讲学授徒，范仲淹、司马光、吕诲、范纯仁、李纲、刘安世、元好问、耿介、汤斌等也都曾在嵩阳书院讲过学。名师出高徒，优秀学生有杨朴、钱若水、吕蒙正、陈尧佐、滕子京、张载、杨时、游酢、吕大临、陈与义、朱敦儒、张九成、王铎、孟化鲤、景日昣等。

儒释道是中华文化的精髓，三家在嵩山地区有竞争，有互鉴，有融合，有发展。

## 三

《史记·封禅书》载："昔三代之居皆在河洛之间，故嵩高为中岳，而四岳各如其方。"又载："中国华山、首山、太室、泰山、东莱，此五山黄帝之所常游，与神会。"天下之山让岳，四方之岳礼中，五岳虽同列下土，嵩山尊处中央。嵩山是天地之所合、四时之所交、风雨之所会、阴阳之所和之地。

禹都阳城，阳城就在登封。即使后来的夏都阳翟、斟鄩，也在嵩山脚下。商代都城迁徙频繁，但大部分也都在嵩山周围。周武王克商后，亲登嵩山祭天，所谓"祀于天室"，等于在嵩山举行了开国大典，开了帝王登山祭天的先河。周武王灭商后，夜不能寐，念念不忘的就是"定天保，依天室"，周公在武王死后，到嵩山南测天中，在嵩山西营洛邑，完成了武王的遗愿。

汉元封元年（前 110 年）春三月，汉武帝刘彻登嵩山，群臣说听到了山呼万岁之声，武帝以为嵩山山神在欢迎他，高兴莫名，遂下诏令，增修太室祠，禁伐山中草木，以山下三百户为奉邑，置崇高邑，所登山峰改名万岁峰，这就是“山呼万岁”和“嵩呼”的来历。东汉光武帝、章帝都曾登嵩山致祭，其他皇帝多遣使致祭。魏晋南北朝时，祭祀嵩山影响最大的是北魏孝文帝，他不但两次亲临致祭，还亲撰祭文，这也是现存最早的嵩山祭文。

隋唐时期，隋文帝曾下诏在全国三十个州建舍利塔供奉佛祖真身舍利，在嵩山建了三座，一座在大法王寺，一座在永泰寺，一座在嵩岳寺。少林寺十三棍僧救过秦王李世民，他即位后不久就颁诏嘉奖少林寺，赐每人紫衣袈裟一袭，赐少林寺田地四十顷、水碾一具，并封昙宗和尚为大将军，受封情况刻碑留记。据说贞观三年（629 年）十月，太宗又一次驾幸少林寺。唐高宗一生曾 3 次下诏欲封禅嵩山，因吐蕃、突厥犯塞和身体不适而罢。女皇武则天对嵩山情有独钟，一生曾 8 次到嵩山。她改唐为周后，在嵩山举行隆重的封禅大典，亲行登封之礼。在嵩山极顶祭天后，又到嵩山南麓万羊冈，建封祀坛祭地，大赦天下，免百姓当年租税，改元万岁登封，亲撰《大周升中述志碑》。因封禅活动大功告成，改嵩阳县为登封县，改阳城县为告成县。尊神岳天中王为神岳天中皇帝，天灵妃为天中皇后，夏启为齐圣皇帝，启母为玉京太后，少姨为金阙夫人，王子晋为升仙太子。这也是五岳山神中最早称帝、最先配后的。

宋代对中岳的祭祀也非常重视，宋太祖确立祭祀中岳于河南府之制。大中祥符四年（1011 年），宋真宗加封中岳山神为“中天崇圣帝”，宋神宗、宋徽宗也都曾遣使祭祀。金代袭宋制，大规模修缮中岳庙，章宗、宣宗、哀宗也都曾望祭或遣使致祭。元世祖忽必烈加封中岳山神为“中天大宁崇圣帝”，成宗、武宗、仁宗、泰定帝、顺帝也都曾遣使致祭。明太祖朱元璋于洪武三年（1370 年）削五岳帝号，统称山神，中岳改称“中岳嵩山之神”，有明一代 16 位皇帝，除建文帝外，其余 15 位皇帝先后祭祀嵩山 47 次。清代从顺治到宣统 10 位皇帝，都曾遣使祭祀，有记录可查的共有 46 次，其中包括乾隆皇帝亲临致祭 1 次。嵩山为历代统治者高度重视，史书记载共有 73 位帝王亲临祭祀或遣使致祭。

嵩山更是一座老百姓心目中的圣山。你求学可以去嵩山，那里有嵩阳书院；你参禅可以去嵩山，那里有禅宗祖庭少林寺；你修道可以去嵩山，那里有新天师道祖庭中岳庙；你登山健体可以去嵩山，那里有七十二峰；你修身养性可以去嵩山，那里有白云秘洞。登峻极，览大河，壮观天地；沐松风，闻天籁，吞吐八荒。

# 河洛汇流

黄河从巴颜喀拉山发源，走过高山平原，流经九个省区，九曲十八弯奔流到海，全长 5464 公里。其间汇入河流巨细无数，但唯有一条河流的汇入事关重大，是其他河流都不可比的，那就是洛河。河洛汇流对于中国，对于中华民族，对于中华文化都有着极其重要的意义。

## 一

洛河发源于秦岭山脉的陕西洛南县，其支流伊河源于河南熊耳山，伊河在偃师与洛河汇流。因水质清澈，洛河又称清河。古代洛河径流量很大，常年有水，是洛阳东出的黄金水道。原来洛河在巩义洛口村入黄河，如今在西距洛口村不远的神北村入黄河。人们把洛河入黄河的自然景观叫“河洛汇流”，把附近地区叫洛汭，亦称什谷。

洛汭在历史上很有名气。《尚书·禹贡》说黄河“东过洛汭，至于大伾”，就是东过洛口一带，到荥阳的大伾山。《竹书纪年》记载“禹贡导河，东过洛汭”。夏代太康失位，五个弟弟和母亲躲到洛汭地区避难，五弟兄作《五子之歌》，悔失民之误，兴亡国之叹。

在巩义洛汭地区黄河岸边有伏羲台遗址，伏羲台周围有祭坛和祭祀坑遗址，有人认为这可能就是上古帝王修坛沉璧的“河洛坛”。

洛河挟一河清水，奔涌入黄河，清浊激荡，打着漩涡奔腾东去。这就形成了著名的河洛汇流景观。

## 二

黄河是母亲河，洛河是黄河的重要支流。两河夹角的台地，历来是被先民们青睐的理想家园，洛汭地区也不例外，人们在这里繁衍生息，瓜瓞绵绵，更重要的是这里发生了重大文化事件，那就是河出图，洛出书。河图洛书，是华夏文化的源头，是中国人的精神家园。

传说有一天，伏羲在黄河里看见一匹神兽，龙背马身，生有双翼，高八尺五寸，身披龙鳞，凌波踏水，如履平地，背上的点状旋毛组成一幅图：七前六后，八左九右。这就是龙马负图，即河图。

又一天，伏羲（也有说大禹）看到从洛河里漂上来一只大龟，龟背上的花纹也组成一幅数字图：九前一后，三左七右，四前左，二前右，八后左，六后右。这就是神龟献书，即洛书。

《易经·系辞上》中说：“河出图，洛出书，圣人则之。”

伏羲根据河图洛书，画出先天八卦。先天八卦是我们的元典文化，或叫文化源头。

据说伏羲之后，炎帝、黄帝、尧、舜、禹等上古帝王都曾来到洛汭举行修坛沉璧、祭天禅让活动。后世中华儿女满世界播迁，不管距离多远，世代多遥，都不忘自己的根脉，称自己是“河洛郎”。

# 伏羲画卦

黄河西来，浊浪拍天，滚滚东去。洛河从西南来，碧波清流，在巩义市注入黄河。历史上，人们把这里叫“河洛汇流”，把河洛汇流处叫洛汭，又叫什谷。河洛汇流的洛汭地区有神尾山，神尾山头有伏羲画卦台。

## 一

黄河水浑，洛河水清。当洛河水流入黄河时，清浊相激，形成巨大漩涡，为一大自然奇观。这一奇观，开辟了中华文化的源头。

我们一向把上古时期的首领称为“三皇五帝”，三皇有多种说法，但把伏羲作为三皇的首皇，似没有什么分歧。

相传伏羲是华胥氏所生。华胥国的华胥氏，在一个叫雷泽的地方，踩了巨人的脚印，感而怀孕，孕十二年生伏羲。这个说法，显然留有母系社会的印记。

伏羲长大后，有广配天地之德，他统一了中原诸部落。当时洛汭地区经常泛滥成灾，传说有妖魔鬼怪出没，祸害百姓，伏羲就带领人们斩妖除怪，使百姓过上太平日子。

伏羲为了除掉出入水中的恶魔，经常站在神尾山上观察河里动静。天长日久，河洛汇流的奇观不断引起伏羲对天地万物和人类社会的思考，最后他画出了先天八卦。八卦的中心是太极，像极了河洛汇流的图景，有清浊，有变化，有融合，有消长，正演示着阴阳变化的大道。大自然原来处于混沌状态，自从伏羲画出先天八卦，分阴阳，别天地，天有日月星辰，地有山水草木。所以这是伏羲老祖的一画开天之功，故伏羲被尊为人文始祖。

所谓先天八卦，就是天地未分时的浑浊之气，就是一，就是太极。太极动而生阳，静而生阴，这就是一阴一阳两仪。画一奇作阳，画一偶作阴，阳爻阴爻即构成了八卦的基本符号。阴阳爻再各生出一阴一阳，为少阴、老阴和少阳、老阳，这就是四象。四象再各生出一阴一阳，这就是八卦。总起来是太极生两仪，两仪生四象，四象生八卦：乾一，兑二，离三，震四，巽五，坎六，艮七，坤八。先天八卦含有矛盾对立统一的辩证思想，阴阳消长，顺逆交错，相反相成，建立了宇宙自然生成之道。

在今天巩义河洛镇洛口村东，尚有伏羲画卦台遗址。台呈椭圆形，台东面还有个小盆地，人们称“羲皇池”。站在画卦台上，可以“西看黄河五十里，东看黄河四十八”。

# 二

黄帝之时，巡游天下，到了伏羲画卦台，心生崇敬，修了一个被史学家称为“河洛坛”的祭坛，举行了盛大祭祀。祭祀时要沉璧于河，以求得上天的信赖和支持，这就是史书上记载的“修坛沉璧”典故。

黄帝以后，唐尧、虞舜也都在伏羲画卦处举行过修坛沉璧祀典，并完成传贤不传子的禅让仪式，使祭祀活动不仅具有君权神授的宗教意义，又兼具了禅让王权的政治意义。这正是“河洛写天意，符谶述圣心”。

从史书上看，大禹在洛汭一带有很多活动，包括治水，也包括祭祀。《竹书纪年》有云：“禹贡导河，东过洛汭。”古人在洛汭有云：“美哉禹功，明德远矣。”用现在的话说就是：多么壮观呀，这都是大禹的功劳呀，他的美德传播得多么远啊！

20 世纪末，考古工作者在画卦台遗址周围发现了祭坛遗址和祭祀坑遗址。祭坛遗址应属仰韶文化中期，距今已有五六千年的时光。

伏羲创制先天八卦后，经过炎帝、黄帝的发展丰富，到夏代时产生了连山易，到商代产生了归藏易。周文王被拘押在羑里城七年，他根据伏羲先天八卦和《连山易》《归藏易》，以及前人研究的成果，演化成《周易》。《周易》为群经之首、百家之源。中华文化的各个流派，不管是儒、释、道，还是别的什么流派，都掐不断和《周易》的关系。连中国人的心理思维、生活习俗也都留有这源头文化的深深烙印。

《学易笔谈》有云："保世滋大，概群籍而罗万有者，悉在此一画开天，人文肇始之《易经》。"我们要寻找自己的精神源头，那就离不开河洛。我们要追溯中华文化的源头，那就离不开人文初祖伏羲。

# 黄帝故里

新郑是黄帝故里，轩辕路上有黄帝故里祠，始建于汉代，后屡毁屡建。明代又在祠前建了轩辕桥，如今扩建为黄帝故里景区，占地面积 100 余亩，包括轩辕丘、黄帝纪念馆、黄帝像、中华文明圣火台、文化长廊、拜祖广场等。轩辕桥下姬水潺潺，黄帝祠内巨像穆穆，两边配殿供奉嫘祖、嫫母。景区南北有 13 米宽的红色花岗岩大道，大道中间是 5 米宽的黄色花岗岩拜祖圣道，每年农历三月三日黄帝诞辰，都要在这里隆重举行拜祖大典。

一

我们说华夏文明五千年，就是从黄帝说起，对应的考古年代是仰韶文化时期。

黄帝是有熊国君主少典的儿子，有熊国就在新郑一带。少典娶有蟜氏女附宝，附宝见电光绕北斗，感而孕，生黄帝。黄帝本姓公孙，生于姬水，亦姓姬；居轩辕丘，而号轩辕；因建都于有熊，亦称有熊氏；以土德为瑞，而称黄帝。《史记》记载黄帝：“生而神灵，弱而能言，幼而徇齐，长而敦敏，成而聪明。”

当时，炎帝是天下共主，各部落相互侵夺，天下大乱，炎帝管不了，黄帝用兵平定天下，各部落来归。炎帝和黄帝发生矛盾，战于阪泉，炎帝战败，炎、黄两部落联络融合。后有蚩尤部落作乱，黄帝与其战于涿鹿，蚩尤战败，黄帝底定天下，统一中华。

## 二

黄帝统一天下后，划疆分野，共为九州。建立国家制度，以云命名中央官职，青云管宗族，缙云管军事，又设左、右大监监督诸部落，又访得四贤臣风后、力牧、常先、大鸿，命其分工治理天下。

黄帝对各级官员提出“六禁重”要求，“重”是过分的意思。“声禁重、色禁重、衣禁重、香禁重、味禁重、室禁重”，这六禁是从衣食住行等方面对官员提出的要求，倡导节俭朴素，反对浮华奢靡，其本质是亲民。

黄帝主张以德治国，修德立义，修德振兵。据传，黄帝打败蚩尤后，在庆贺胜利的同时，想着昔日战场多少生灵丧命，欲永罢兵戈，让百姓安居乐业，得享太平，就藏兵符，锁阵图，如今在新密黄帝宫还有藏符洞。

炎帝时农民会种黍、稷，到黄帝时，教民“艺五种”，除了黍、稷，还有菽、麦、稻，五谷齐全。后黄帝部落出现了一个在农业方面成绩卓著的领袖弃，就是周的祖先，被尊为后稷。

# 三

黄帝命史官隶首发明了算数和算盘，改变了原始记事，从此有了会计。后人称算术、算学为隶首之学。

命风后整理兵法以成“风后八阵兵法图”，锁于密室。如今在新密黄帝宫立有重建风后八阵图碑，内容是唐人独孤及所撰。

命伶伦为乐官，制乐律。据《吕氏春秋》记载：伶伦自大夏往西，来到昆仑山下，在嶰溪之谷取得良竹，选择薄厚均匀者，从节间截断，三寸九分长，以其声为黄钟之宫。又制成十二筒，按凤凰鸣声定成十二律，其中雄鸣为六律，雌鸣为六律，皆与黄钟之宫相谐和，因为黄钟之宫是律吕的根本。

正妃嫘祖，养蚕缫丝，织布作衣。传说荥阳环翠峪景区中的桑梓峪，就是嫘祖养蚕制衣的所在，如今还有嫘祖庙、纺绩岭、绩线台、蜘蛛洞、蚕姑奶奶庙等遗存。

黄帝和岐伯探讨医术，著《黄帝内经》，命岐伯在具茨山种植中草药。如今具茨山麓，尚有岐伯山、岐伯泉、岐伯庙、岐伯墓、岐伯洞、大臣沟、晒药场等。

命仓颉造字。仓颉在洧水岸边的一个高台上，苦思冥想，怎么也造不出字来。忽一日飞来一只凤凰，从嘴里丢给仓颉一样东西，上边有一蹄印，仓颉不认识，就问一个刚好经过的猎人。猎人说，这是貔貅的蹄印，每一种鸟兽的蹄印都不一样，我一看就能认出来。仓颉受到了启发，远取诸物，近取诸身，终于造出了字。为了纪念仓颉造字，宋朝时在新郑洧水畔建了凤台寺，现存有凤台寺塔，是河南省重点文物保护单位。

命大挠作干支，大挠察天地之机，探五行之理，始作十天干、十二地支，相互配合而成六十甲子。我国历史上一直用干支纪年，虽然我们目前已使用世界通行的公元纪年，但干支纪年仍在某些领域继续使用。干支纪年，不是单纯的时间标志，它和天文地理、生产生活都有着神秘的联系。

另外黄帝还命人作舟车、制弓矢、结网罟等。所有这些，人们都认为发明于黄帝时代，黄帝的主要活动地也都集中在具茨山周围地区。

# 大禹治水

大禹，姓姒，名文命。黄帝玄孙，崇伯鲧之子，是夏部落的首领，也是夏王朝的建立者。道教崇祀天、地、水三官，以尧为天官，舜为地官，禹为水官，天官赐福，地官赦罪，水官解厄。儒家以禹为圣人，尧舜禹汤、文武周公、孔孟程朱，禹位列其间。老百姓口中最称道大禹的，是其治水之功。洪水不理，人或为鱼鳖，也就没有了中华民族，也就没有了中国。禹是英雄，并且是中华民族的创世英雄。

## 一

大禹是登封人，现在登封还有很多关于禹的遗迹和传说。登封是著名的大禹文化之乡。

禹的父亲鲧，也叫崇伯鲧。崇就是指嵩山，鲧是夏部落的首领，夏部落就活动在嵩山地区，所以称鲧为崇伯鲧。禹是鲧的儿子，自然出生并生活在夏部落所在地。

禹娶涂山氏之女涂山娇和涂山姚为妻。太室山以涂山娇而得名，少室山以涂山姚而得名，涂山娇所化启母石也在嵩山脚下，这说明大禹的家室也在登封。

根据史书记载，禹建都在阳城，现在我国考古界经过考证，认为登封王城岗遗址就是禹都阳城。

## 二

尧时天下洪水泛滥，百姓皆忧。尧命大禹的父亲鲧治理洪水。鲧用拦堤筑坝方式治理九年，终告失败，尧将鲧囚在羽山，三年后处死。

舜命禹子承父业，继续治理洪水。禹在总结前人治水教训的基础上，改拦为疏，变堵为浚。经十三年的艰辛劳作，禹凿通了九条山脉，疏导了九条大河，洪水东流入海，终于治水成功，老百姓得以耕织营家，乐享太平。

禹在整个治水过程中，手执耒锸，身先士卒。最为人称道的就是三过家门而不入的公而忘私精神。禹为了治水，三十多岁才结婚，结婚第四天就作别新婚妻子，离家治水。十三年间三过家门而不入，登封现在还流传着这样的民谣："一过家门听骂声（妻子正在埋怨），二过家门闻笑声（儿子启正在和母亲玩耍），三过家门捎口信，治好洪水转家中。"

大禹治水成功后，身体累得脱了形，大腿上没有肉了，小腿上汗毛被磨光了，两腿因长时间被洪水浸泡而风湿偏枯，脚板上结着厚厚的老茧，五个脚趾无法并拢，走路也不利索了。

## 三

禹治理洪水有功，使百姓安居乐业、得享太平，在民众中赢得了崇高威信。舜敬天顺民，就把王位禅让给了禹。

禹治洪水，足迹遍天下，熟悉山川大势，了解物产民俗，根据自然大势，把天下划成了九州，即冀州、兖州、青州、徐州、扬州、荆州、豫州、梁州、雍州。“咸有九州，协和万邦”，这就是中国历史上第一个王朝——夏。

禹为了强化国家治理，制定五服贡赋制度，根据九州距都城的距离，五百里为一个区域，由近及远，分别划分为甸服、侯服、绥服、要服、荒服，确定不同的缴纳税赋标准，加强中央与地方的联系。

九州缴纳贡赋中，积攒下很多铜，禹把这些铜铸成了对应九州的九鼎，在每州的鼎上，镌刻有该州山川河流、奇物异珍。后来九鼎就成为王权至上、国家统一的象征。

禹域、禹迹、禹甸、禹服等，也都成了中国的代称，这些都铭记着大禹这位伟大民族英雄的丰功伟绩。

# 裴李岗遗址

裴李岗文化，因为 1977 年发现于河南省新郑市裴李岗村而得名，是目前发现的最早的新石器文化。根据对不同遗址的碳 -14 测年数据分析，裴李岗文化距今 8000 年左右。

## 一

在 8000 年前，先民已在中原定居，从事着原始农业、手工业和家禽饲养业等经济活动，采集渔猎业已处辅助地位，社会形态处于原始氏族社会。

1965 年，当地村民在田野耕作中发现了石磨盘、石磨棒、石斧、石镰等，因缺乏考古知识，拿回家去，不是当砖垒墙用了，就是当石凳坐了。后经考古工作者发掘，发现了很多石制工具，磨制精细，如带锯齿刃的石镰、双弧刃的石铲、鞋底形的四足石磨盘和石磨棒等。尽管也有少量的打制切削器，但已说明这是一处遗存丰富的新石器文化遗址。

裴李岗处于黄淮冲积平原，有肥沃的次生黄土，加上气候湿润，有优越的粟作农业发展条件，且此时期已有精致的石镰等先进农具，有成熟的石磨盘、石磨棒等先进脱粒工具。考古学家赵世纲在《关于裴李岗文化若干问题的探讨》中说：“西亚的新月形地带和中国的嵩山东麓，好像东西并列的两座灯塔，远在八千年前，同时出现在亚洲的两翼，标志着东半球进入了‘农业革命’新时代的黎明时期。”

有些专家把裴李岗文化和少典氏部落相对应。农业可以用耒耜、石斧、石铲进行耕作，可以用石镰收割，可以用石磨盘、石磨棒加工；家里可以畜养猪、狗、牛、羊、鹿、鸡等；鱼镖和骨簇，可以渔猎；陶纺轮和骨针，可以绩麻、制衣。男女已经有了初步分工。

## 二

裴李岗遗址出土的陶器，以细泥红陶和夹砂粗陶为主，均为手工制作，烧制温度较低，多为素面，也有少量磨光或饰以篦点纹的。器形以三足钵和半月形双耳壶为主，其次还有缸、杯、罐、瓮、盆、甑、碗、鼎等。质地以细泥红陶最多，其次是夹砂红陶，泥质灰陶最少。

裴李岗人的房屋为半地穴式建筑，以圆形为主，有个别的方形房屋，有阶梯式门道，有了固定的住所。根据出土文物，人们完全可以在这里构想一幅男耕女织的美好图景：有了生产工具，男人们可以出外去耕作，去渔猎；女人们可以在家饲养家禽，绩麻织衣，抚育子女。

考古中发现了龟甲、骨器、陶器上的契刻符号，应该说这就是原始的文字。还发现了陶器上的纹饰，发现了陶猪头、陶羊头和陶人头，说明人们在生产之余，已经有了简单的文化生活。

裴李岗文化，应该说已经展现了农业文明的曙光。后来发现的仰韶文化，应是从裴李岗文化直接继承而来。

裴李岗文化遗址是全国 20 世纪 100 项重大考古发现之一、河南省十大重大考古发现之一，是全国重点文物保护单位。

# 大河村遗址

大河村遗址位于郑州市金水区柳林镇，发现于 1964 年，是一处包括仰韶文化、龙山文化和夏商时期文化在内的大型聚落遗址，时间跨度长达 3300 年。

## 一

从 1972 年到 2015 年，考古工作者对大河村遗址进行了 25 次发掘，发掘面积 6000 多平方米，发现房基 50 余座、窖穴近 500 座、墓葬 400 余座、壕沟 2 条，出土陶、石、骨、蚌、角、玉等质地文物 3600 多件、各类标本 20000 余件。最具特色、数量也最多的是彩陶，例如彩陶双连壶、彩陶壶、彩陶盆、彩陶罐、白衣彩陶钵等，看上去是那样华丽、那样美观，造型之丰富、技法之娴熟都是空前的。彩陶是仰韶文化的典型标志。

大河村遗址中的仰韶文化延续约 2400 年，包含仰韶文化的产生、发展和消亡全过程。大河村仰韶文化共七期，每期都有单独地层和各具特征的文化面貌，前后一脉相承，继承关系清楚。大河村的仰韶文化发掘，为研究仰韶文化的发展序列、分期和类型提供了标准尺度。

## 二

大河村彩陶上的纹饰，许多和天文星象有关系，例如太阳纹、月亮纹、日晕纹、彗星纹、星座纹等，这引起了人们的极大兴趣。先民对天文的认知水平体现了对自然的认知水平。人们适应自然、利用自然需要建立在对自然认知的基础上，认知程度越高越深，越能更大程度上利用自然为人类服务。

人类进入原始社会的前提条件是原始农业的发展。只有农业发展了，才能进行生产分工，有种地的，有打猎的，有从事手工业的。有了分工，才能发展文化，创造艺术，产生精神生活。农业一要靠土地，二要靠天文。土地是不动的，日月是流转不居的，认识地要比认识天容易得多，反过来说，认识天要比认识地难得多。因此历代王朝都有研究天文的机构和人员，颁行历法历来是朝廷的大事。可是大河村的先民却对天文有那么大的兴趣、那么多的认知，真是不可思议的事情。

因为没有文字，我们只能对图案进行分析，猜测它代表什么。太阳纹是否代表太阳崇拜？太阳和人们的生产生活关系太密切了，很多先民对太阳都有着深深的崇拜，大河村的先民可能也属于太阳崇拜一族。关于日晕纹，我们现在知道“日晕生雨，月晕生风”，这些先民能否把日晕和下雨联系起来呢？起码他们认识到了这与风和日丽是不一样的。一个陶钵上绘三个月亮，难道他们已经知道三个月是一个季度，不然，把三个月亮放在一起干什么？自然界没这种现象呀！一个陶钵绘十二个太阳，难道他们知道十二个月是一年，不然怎么不画十一个呢？要知道这是比甲骨文还早 2000 年的东西。

## 三

大河村遗址聚落形态完整，功能布局明确，有房屋，有窖坑，有陶窑，有墓葬等。从房基看，这是保存最好的史前居住基址，是两面坡式的排房，还保留有一米多高的墙壁，发现有大型版筑柱础坑。

大河村遗址还出土有一些山东大汶口文化和湖北屈家岭文化的遗存，这对中原文化与海岱文化、黄河文化与长江文化的交流融合提供了地层确证和实物资料，也为研究中原文化是如何吸纳其他文化、异军突起提供了可能。大河村遗址还出土有关于夏、商时期的资料。

大河村居住的这些不懈探索宇宙奥秘的先民，给我们留下了诸多待解之谜。如今大河村遗址是全国重点保护单位，这里建有遗址博物馆，有兴趣的人可以去与当年的大河村人作一番遥隔时空的对话。

# 古都郑州

郑州作为八大古都之一，虽然年代久远，不像时间晚近的古都，相关信息多，地上的实物能一眼看得到，但其实郑州这座古都的辉煌，确实了得。

## 一

有国家才有首都。原始部落也有自己的活动中心，甚至具备了一定的城市因素，但我们仍不能称其为首都。由原始社会发展到新的社会形态，就是奴隶制国家，有国家才有首都。我国第一个奴隶制国家是夏（约前 2070—前 1600 年），历史上称夏朝、夏代。

夏朝的开国君主是禹，因禹治水有功，舜将王位禅让给他。但禹把王位传给了自己的儿子启，这就开启了中国历史上的世袭制。根据史书记载，禹时的夏都是阳城，考古工作者经多年努力，终于在登封市告成镇王城岗发现了古阳城，这可是名副其实的中华第一都。因为夏部落一直活动在嵩山一带，在登封告成建都也在情理之中。

启当了王以后，史书记载，他把首都迁到了黄台之丘。黄台之丘在什么地方呢？考古人员把目光集中到了新密市东 23 公里的刘寨镇新砦遗址。经过几次大规模发掘，考古工作者在新砦遗址发现了外壕、城壕、内壕三重防御设施，中心区有大型城址，总面积 100 多万平方米，主要遗存为龙山文化晚期遗存和二里头文化早期遗存。新砦遗址和黄台之丘正好对应，专家们认为这就是黄台之丘，即启时期的都城。

## 二

我国第二个朝代是商，商朝的开国君主是汤。汤，子姓，名履，又名天乙，是契的第十四代。鸣条（今山西夏县西）一战，汤打败了夏朝末代君主桀，建立了商朝。

史书记载，汤都亳。中原有很多地方叫亳，史学界和考古界的专家认为郑州商城才是商汤的开国都城亳地。郑州商城规模庞大，拥有外城、内城和宫城三重城，都城内布局井然有序，有宫殿区、祭祀区、作坊区、窖藏区等，出土文物众多，充分彰显着泱泱大国的威仪。

由于王族内部矛盾和自然灾害影响，商王朝不断迁都。到第十一位君主仲丁时，仲丁把国都从亳迁到隞，即今郑州市西北 20 公里的小双桥遗址。小双桥遗址属于商代中期都城，时间上介于郑州商城和安阳殷墟之间。

# 三

中国第三个王朝周，封了很多诸侯国。郑州地区先后出现了管国、郐国、虢国、郑国、韩国等。管国是西周初封的重要诸侯国，国都位于现在郑州市的管城回族区，国王是武王的弟弟管叔鲜，后来他和蔡叔度、霍叔处勾结商遗民武庚叛乱，被周公诛杀。管国灭亡之后，留下了管姓，留下了管城。郐国在商代被封为国，君王是祝融的后代。周武王灭商后，继续封祝融的后裔于郐国。郐国是当时重要的封国，国都在新密曲梁镇古城角寨村，春秋时为郑武公所灭。虢国，这里说的是东虢。武王克商后，封文王的同母弟虢仲于荥阳广武一带。虢仲曾是王室重臣，后东虢国为郑武公所灭。有专家认为娘娘寨遗址（今河南荥阳豫龙镇寨杨村西北）是东虢的都城。郑国是春秋初霸，韩国属战国七雄，这两国的都城都在今新郑，现在有郑韩故城。郑、韩两国在此建都约540年。城垣周长20公里，城区面积16平方公里，出土文物众多。郑韩故城是第一批全国重点文物保护单位，也是全国20世纪100项重大考古发现之一。

这里没有说黄帝时期，因为那个时代还未产生现代意义上的国家。另外还有一些诸如补国、华国、密国、祭国等小国也没逐个叙述，但作为古都的郑州已经得到充分的论证，内容也很丰厚了，只是她闪耀在那遥远的夏、商、周三代的光辉，离我们确实远了些。

# 古建郑州

郑州的历史建筑确实值得说说，一是它的连续性，二是它的独特性。嵩山那些景点被列入世界文化遗产，是以“天地之中”历史建筑群列的；《营造法式》这部享誉世界的中国建筑学百科全书，就是郑州人李诫写的；汉三阙能作为第一批全国重点文物保护单位古建类的 1、2、3 号，那是它本身的资历和价值决定的。

建筑是智慧的结晶，建筑是立体的诗篇。

## 一

旧石器时代的人们，因为工具的落后，主要居住在利用自然形成的洞穴中。到了新石器时代，随着生产工具的进步，建筑进入萌芽时期。

距今约 9000 年的唐户遗址，位于新郑观音寺镇唐户村，地处溟水河和九龙河的夹角台地上。从建筑学角度考察，它的房屋是半地穴式建筑，平面呈椭圆形、圆形，也有不规则的形状，排水是利用自然地势，追求居住区的干爽。

距今约 6000 年的大河村遗址，位于郑州市金水区北，是一处包含有仰韶文化、龙山文化和夏商时期文化的大型古代聚落遗址。从建筑学角度考察，房基、窖穴、陶窑、墓葬等分布密集，布局完整，聚落形态清晰。房屋是一种两面坡式的排房，采用“木骨整塑”而成，反映出中国北方传统民居的基本形制。

距今约5300年的西山古城遗址，位于郑州市区西北23公里，是北方最早的夯筑城址。遗址面积大，堆积厚，时代跨越仰韶文化早、中、晚三期。西山城址的城墙是用当时最先进的版筑法所建，在城墙筑造中使用了夹板、穿棍和立柱。在北城门还发现了影壁一样的建筑，这显然是瓮城的滥觞。这些都对古代城市建设产生了深远影响。

距今约4300年的古城寨遗址，位于新密曲梁镇大樊庄溱水东岸，主要以龙山文化遗存为主。从建筑学角度考察，城址面积约17万平方米，城墙内外有护城河，城内中心位置发现有大型宫殿和廊庑式建筑，是一处带有都邑性质的古城址。

## 二

距今约3700年的郑州二里岗遗址，就是郑州商城，学界认为它就是商汤的亳都。经过考古人员长时间的努力发掘，由夯土发现，这是一座规模巨大的近似长方形的城垣。城址东北部为宫殿区，分布密集，规模宏大。根据柱槽可复原成一座带有回廊的“四阿重屋”式建筑，如《考工记》所载：“内有九室，九嫔居之；外有九室，九卿朝焉。”后来又发现了郑州商城的外城，内、外城之间分布有青铜、骨器、陶器作坊和祭祀场地。

距今约3400年的小双桥遗址，相当于商朝中期都城，有专家认为是仲丁的隞都，位于郑州市西北20公里的石佛乡小双桥村。考古发现有大型高台夯土建筑、宫殿建筑、小型房基、大型祭祀坑、奠基坑等。高台建筑、原始板瓦、大型青铜构件都反映着当时的最高建筑水平。

两周时期，特别是到了春秋战国时代，郑州地区诸侯林立，留下了很多古城址。目前发现的主要城址有荥阳豫龙镇的娘娘寨城址、登封告成镇的阳城城址、新郑郭店镇的华阳故城、荥阳豫龙镇的京襄故城、新郑龙王乡的苑陵故城、惠济区古荥镇的荥阳故城、荥阳广武镇的汉霸二王城，还有著名的郑韩故城等。以上这些都是全国重点文物保护单位，另外还有20多个没有被列入国家重点文物保护单位的古城址。

## 三

两汉时最有代表性的就是汉三阙和打虎亭汉墓。汉三阙包括太室阙、启母阙、少室阙，不仅保存完好，而且均是庙阙，是礼制性建筑，同时蕴含着汉代的建筑理念和礼制思想，尤其珍贵。打虎亭汉墓，有画像石墓和彩色壁画墓。墓室宏阔，结构复杂，建筑难度大，要求技术高。画像石和彩色壁画，不仅艺术水平高，而且内容丰富，活现了汉代贵族的奢华生活场景。

魏晋南北朝时期，宗教文化大量涌入，特别是佛教文化，建筑上出现了大量的寺、塔、石窟造像、雕塑、壁画等。这其中巩义石窟寺以造像端庄恬静、飞天姿态飘逸、花草绚丽精美、构图层次分明著称。嵩岳寺塔是我国目前现存最早的砖塔，它的筒体结构是中外结合的典范。郑州市地标建筑千玺广场的主体建筑也采用了筒体结构，结果被人们喊成了“大玉米”或“玉米楼”，听起来也不错，没有一点儿贬义，谁叫河南是农业大省呢！

郑州保留的唐塔有 15 座之多，数量居全国第一。譬如净藏禅师塔是唯一的仿木结构亭式塔；大法王寺唐塔呈抛物线形状，通体白色，显得非常挺拔洒脱。此外，还有唐代仿周公测影而建的测景台，著名天文学家僧一行和南宫说都曾在这里从事过天文观测活动，这是我国现存最早的天文观测建筑。

五代宋金时期，随着社会的繁荣发展，建筑艺术也趋向完美典雅。郑州人李诫编写的《营造法式》，奠定了中国古代建筑的基本规范和标准。这一时期郑州保存下来的有木构大殿、石经幢、30 多座各类佛塔、规模宏大的皇陵等。少林寺初祖庵大殿就是按《营造法式》建造的，风格雄浑，雕刻精美，是北宋木构建筑的精品。北宋皇陵，是全国保存最完好的三大陵墓群之一，规制严整，风格洗练。

元朝存在时间不到 100 年，但喇嘛教和伊斯兰教文化也融进了当时的建筑艺术。郑州地区保留元塔有 50 多座，风格多样，朴素浑厚。登封观星台，是元代著名科学家郭守敬主持建造的天文台，据此观测，他制定了当时世界上最先进的《授时历》，是中国天文学史上的里程碑。

明清时期，中国封建社会逐渐走向没落。官方建筑走向程式化，装饰繁缛，民间建筑还表现出了一定活力，有不少新的创造。郑州地区保存的明清建筑数量庞大、类型繁多。中岳庙是五岳中保存规模最大的官式建筑群，号称“小故宫”。少林寺是佛寺建筑的代表，寺内塔、坊、门、亭齐全。嵩阳书院是明清书院布局的代表，古柏森森，书香氤氲，洋溢着浓浓的学府风采。康百万庄园既承接着厚重的中原地气，又闪耀着蒸腾的豫商风韵。此外还有郑州城隍庙、郑州文庙、郑州北大清真寺等都能在中原古建筑中占一席之地。

郑州的古建筑，就是一部中国古建筑史的缩影，可供人们去欣赏，去研究，去借鉴，去品味。

# 青铜郑州

青铜器代替了石器，青铜时代代替了新石器时代，这是人类文明的巨大进步。

自然铜（纯铜）是红铜，熔化后黏性大，不容易打造器物，人们发现在红铜中加锡或铅后的合金，适合铸造器物，因颜色青灰，叫青铜。

中国青铜文化发源于黄河流域，开始于公元前 21 世纪，止于公元前 5 世纪，前后历时 1500 年左右，大体相当于夏、商、西周、春秋时期，与奴隶制国家相始终。

在禹都阳城的王城岗遗址中，发现有青铜器残片。在启都黄台的新砦遗址中，也发现了青铜器残片。在属于龙山文化晚期的牛砦遗址，也就是今天郑州市的碧沙岗，发现了熔炉残壁，经北京钢铁学院测定，乃熔化青铜的炉壁。

商代是中国青铜器发展的高峰，冶炼技术和制作工艺都达到炉火纯青的地步。在郑州商城的内城和外城之间，发现青铜冶铸作坊多处，发现青铜器窖藏坑两处，出土各类青铜器 300 多件，有礼器、工具、兵器、饰品和生活用具等，其中大型铜鼎就有 9 件之多。鼎由原来的食器逐渐演变为重要礼器、国之重器，是国家王权的象征，于是就有了“问鼎中原”“定鼎中原”的说法。

青铜发展最后的辉煌是春秋战国时期。春秋时期的郑国，地处王畿之地，国王又是朝廷重臣，在郑国的祭祀活动和大型墓葬中，也演绎着青铜文化的最后辉煌。郑国的一处祭祀遗址就出土青铜器 348 件，其中九鼎九鬲有 5 套、八簋 4 套、铸钟 9 套、钮钟 17 套。在一处墓葬中，出土青铜器 100 多件，其中就有 2 件闻名中外的莲鹤方壶。

莲鹤方壶壶身扁方，壶腹有蟠龙纹，龙角竖立。壶身四面各有一只神兽，兽角弯曲，肩生双翼，长尾上卷。圈足有两条卷尾兽，身有鳞纹，头有枝角。壶盖是莲花瓣形状，花瓣四周张开。莲瓣中央有活动的小盖，一只仙鹤站在花瓣中央，展翅欲飞，灵动飞扬。郭沫若先生说莲鹤方壶“乃时代精神之一象征”“此鹤初突破上古时代之鸿蒙，正踌躇满志，睥睨一切，践踏传统于其脚下，而欲作更高更远之飞翔”。

整个青铜时代，在郑州发现了最早的青铜冶炼炉壁、最早的青铜器铸造陶范、最早的青铜礼器，郑州始终代表着青铜器冶炼的先进水平。

# 丝路郑州

郑州是养蚕制丝的发源地，是丝绸之路上的重要节点城市。简单的逻辑是：有了蚕，才有丝；有了丝，才有丝绸；有了丝绸，才有丝绸贸易；有了丝绸贸易，才有丝绸之路。

## 一

黄帝的正妃，也称元妃，是嫘祖。她对中华民族最大的贡献是养蚕制衣。穿丝绸和披兽皮、扎野草、衣粗麻相比，要文明舒服得多。

嫘祖是西陵氏女，因西陵氏居地无确考，致使嫘祖故里现有十多处：仅河南就有西平、开封、荥阳之说；湖北有四处，分别是宜昌、远安、黄冈、浠水；四川有三处，分别是盐亭、茂县、乐山；另外还有山西夏县、山东费县和浙江杭州等。现在还没有进一步的材料依据，尚不能确定哪个地方才是真正的嫘祖故里。

荥阳被中国民间文艺家协会命名为“中国嫘祖文化传承基地”，主要是因为当地有很多关于嫘祖在这里养蚕治丝的传说。

荥阳南部是伏羲山，伏羲山是嵩山北部的余脉。山中有嫘祖祠，始建年代不详，重修过多次。据《汜水县志》（汜水已并入荥阳）记载，嫘祖祠原名紫云宫，后改为圣母祠、嫘祖庙，今名嫘祖祠。现存有康熙、乾隆、嘉庆年间重修碑记，附近有纺绩岭（今讹为房脊岭）、绩纺台、蜘蛛洞等。

传说嫘祖带领家眷，在汜水边桑梓峪采摘野果，看到桑树上有一种头像马面一样的虫子，正在啮食桑叶，有的地方还结有手指粗细的白色果实，大家都不认识这是什么。正巧遇到一个家住附近的漂亮姑娘，名叫玉仙。嫘祖问玉仙那桑树上是什么虫子，玉仙告诉嫘祖，那正吃树叶的虫子叫蚕，那白色的果实，是蚕长老以后吐的丝，叫茧。嫘祖问这有什么用途，玉仙姑娘说茧可抽出丝，丝可织成绸缎，做成衣服，并拿自己穿的丝绸衣服给嫘祖看。嫘祖看玉仙姑娘的衣裳，不但闪闪发光，还滑腻松软，觉得穿到身上肯定非常舒服。于是就央求玉仙姑娘教女眷们养蚕治丝、织布缝衣。等她们学会后，嫘祖又让这些人去教天下妇女。所以老百姓都感谢嫘祖的功德。这玉仙姑娘也不是凡人，传说是太上老君的师妹，这蚕就是太上老君临别时送给玉仙师妹的宝贝虫子。人们感谢嫘祖的同时，也没忘了感谢玉仙的功劳，伏羲山里就有十多座玉仙庙供奉她。

要说嫘祖在这里发明养蚕治丝，从地理上看应该是比较可信的，因为这里和新密黄帝宫属同一座山，距离很近，等于是在家门口。

# 二

2015 年，郑州市文物考古研究院与中国丝绸博物馆联合向国家文物局申请“寻找中国丝绸之源”项目，分别对荥阳青台、巩义双槐树、荥阳汪沟等相关仰韶文化遗址开展了研究工作。

在荥阳汪沟遗址的 12 号瓮棺中，有一具被织物包裹的未成年人尸骨，织物经过了 5000 多年的漫长岁月，炭化降解严重。中国丝绸博物馆通过自主研发的先进鉴定技术，鉴定出这些织物就是丝绸。

位于荥阳广武镇的青台仰韶文化遗址，出土的纺织品包括麻制品和丝织品，均发现于婴儿的瓮棺葬中，黏附在骨骼上或棺壁上，多已炭化。丝织品有纱和罗：纱为平纹组织，经纬稀疏；罗则质地轻薄，丝缕更细，结构更复杂，需要更先进的织造工艺。青台遗址发现的罗为浅绛色，带有色泽的罗需要通过炼、染等复杂工序来实现。这是新石器考古发现中年代最早的带有色泽的丝织物。

巩义双槐树遗址，也是一处仰韶文化遗址，考古发现有与丝绸制作工艺相关的骨针、石刀、纺轮等，其中一件牙雕蚕引起了人们的高度重视，蚕长 6.4 厘米，宽 0.6~1 厘米，背部隆起，头昂尾翘，作将欲吐丝状，雕刻得惟妙惟肖。

以上三处仰韶文化遗址的考古发现，说明郑州地区的先民在 5000 多年前已经掌握了整套饲蚕和丝织技术，这也为嫘祖发明养蚕织衣提供了实证。

# 钢铁郑州

铁的发现与应用，铁器时代的到来，使人们在自然界面前获得了前所未有的独立和自由，之后才出现了现代经济的发展。历史上，郑州在冶铁技术方面可是走在前列的。

## 一

我国历史上真正进入铁器时代是春秋战国时期。战国时期韩国的冶铁技术应该是最好的，证明就是韩国兵器有名。

韩国最著名的兵器弩，能射 500 米开外，“远者括蔽洞胸，近者镝弇心”，为各国所畏惧。一时有“天下之强弓劲弩皆从韩出”的说法。

苏秦在联络合纵时，见韩王说：“韩卒之剑戟皆出于冥山、棠溪、墨阳、合伯。邓师、宛冯、龙渊、大阿，皆陆断马牛，水击鹄雁，当敌即斩。”韩国有丰富的铁矿资源，冶铁铸器技术远远领先于其他诸侯国，后来也发现众多冶铁遗址。

## 二

位于郑州西北 20 公里处的古荥冶铁遗址，是全国重点文物保护单位。遗址南北长 400 米，东西宽 300 米，总面积 12 万平方米，是河南郡官方的第一号制铁作坊，简称“河一”，也是世界上发现的规模最大、时间最早的冶铁遗址。

古荥冶铁遗址，有两座规模较大的炼铁高炉遗迹，东西并列，椭圆形炉缸，面积 8.5 平方米，炉壁厚 1 米，炉基深 3 米。清理出大小不等 13 块积铁，最大的一块重 23 吨。围绕高炉，发现有矿石加工场、高架、鼓风管残片、水井、水池、耐火砖、陶模、渣坑等。

古荥冶铁遗址出土的 318 件铁器中，有犁、铲、锄、锸、镢等农具 206 件，有锛、凿、锤等手工工具 5 件，轴承和齿轮 9 件，其中 10 余件农具上有“河一”铭文。

古荥冶铁遗址年代为西汉时期。

## 三

铁生沟冶铁遗址，位于巩义夹津口镇铁生沟村，年代应和古荥冶铁遗址相同，属于西汉时期。出土的部分铁器上有“河三”的铭文，应该是河南郡官方的第三号制铁作坊，现在也是全国重点文物保护单位。

遗址中发现有炼炉、锻炉、炒钢炉、退火脱碳炉，还有烘范窑、配料池、铁器、铁范、铁料、耐火材料、建筑材料等。从出土的煤块、煤饼和煤渣看，是用煤作燃料炼铁。遗址中还出土160多件铁器，其中有农具，也有兵器。

在冶炼场西南3公里的罗汉寺和西北的罗泉、北庄发现有采矿井和巷道。

铁生沟冶铁遗址，不少东西引起了专家们高度重视。一是耐火材料的广泛应用；二是生产铁的品种多、质量优，除生产合金生铁外，还能生产灰口铁、白口铁、麻口铁、高碳钢、中碳钢、低碳钢等；三是铁柔化处理和贴钢工艺；四是球墨铸铁，这种技术要比西方早2000年。

汉代铁生沟冶铁作坊的冶铁技术水平和铸造工艺水平，是当时世界上最先进的。

# 《诗经》郑州

《诗经》是我国第一部诗歌总集，是儒家五经之一。原叫《诗》，因经过孔子删订，又列入了儒家经典，所以称《诗经》。

## 一

《诗经》共311篇，包括《风》《雅》《颂》三个部分。《风》即《国风》，包括十五个地方的民歌，有周南、召南、邶、鄘、卫、王、郑、齐、魏、唐、秦、陈、桧、曹、豳，是《诗经》的核心内容，共有160篇。《雅》是宫廷乐歌，分《大雅》《小雅》。《大雅》多为宴饮所歌，《小雅》多为个人抒怀。《雅》共105篇，《大雅》31篇，《小雅》74篇。《颂》是为宗庙祭祀而作的乐歌，共40篇，其中《周颂》31篇，《鲁颂》4篇，《商颂》5篇。《小雅》中有6篇有目无诗，所以现今流传的《诗经》共计305篇。

《诗经》语言以四言为主，艺术手法是赋、比、兴。内容很丰富，有歌颂祖先的，有揭露社会黑暗的，有反对压迫的，有男女相悦的。过去有句俗语："学《易经》，会算卦；学《诗经》，会说话。"《诗经》的艺术水平很高，对我国文学发展产生了深远影响，在文学史上占有源头地位。特别是《风》的部分，语言朴素，形象生动，因为本身就采自民间，作者就是劳动人民，有很强的生命力。

《风》共采集自十五个地方，或叫十五国，其中有两个国在郑州：一是郑国；一是桧国，也就是历史上的郐国。《诗经》中三部分内容，《风》有 160 篇，占一半还多。其中《郑风》21 篇，《桧风》4 篇，加一起共 25 篇，也就是关于郑州的篇目占国风总数的近六分之一。单说《郑风》，数量也是十五国风中最多的。

《小雅》中的《车攻》，写的是周宣王在圃田泽打猎，并举行诸侯会盟的事，是《诗经》中的名篇，地点也是在今郑州。《石鼓文》中的“吾车既工，吾马既同”就是化用《车攻》的开头两句。

从《诗经》看，郑州是绝对的文学重镇，是其他地方没得比的。

## 二

长期以来，人们对《论语·卫灵公》中孔子的一句话有曲解，这句话是：“放郑声，远佞人。郑声淫，佞人殆。”

首先说“淫”这个字，“淫”在古代是过度的意思，和现在引申义的淫荡不同，譬如现在还使用的淫雨一词中的“淫”，就是那时的本义。孔子是反对娱乐过度的，就如同我们现在反对娱乐至死一样。

郑声不等于《郑风》，二者虽有联系，但也有区别。郑声是乐，《郑风》是诗，《诗经》选的是诗而不是乐，男女相悦的内容不但《郑风》中有，其他国风中也有。爱情永远是文学的主题之一，只是当时郑国经济更发达一些，民风更开放一些而已。

《诗经》是孔子亲自删定的，如果《论语》中的郑声就是指《诗经》中的《郑风》，那岂不是天大的笑话。这里说要放逐、要疏远，那里又选进儒家经典，还选得最多，总不能让老夫子自己打自己脸吧。

其实孔子自己早有定论，在《论语·为政》中说：《诗》三百，一言以蔽之，曰“思无邪”。

# 陶瓷郑州

“陶瓷”是一个词，但陶是陶，瓷是瓷，二者有联系又有区别。在中国陶瓷发展的历史上，郑州具有重要地位。

## 一

新密市李家沟遗址，处于旧石器时代向新石器时代过渡时期，距今约 1 万年。遗址中出土了 200 多块陶器残片，属于夹砂陶，这是因为在制陶初期，陶土不加淘洗。李家沟遗址是同时期遗址中出土陶片最多的遗址。

新郑裴李岗遗址，距今约 9000—8500 年，此时制陶技术有了很大进步，器形丰富，有罐、壶、钵、碗、鼎、瓮、盘、豆、盂等，陶器上出现绳纹、篦纹和指甲纹，还有陶制艺术品，如陶猪首、陶羊首等，大多是红陶。

大河村遗址，距今约 6000 年，它包括了仰韶文化的早、中、晚期。出土陶器属于彩陶，胎质细腻，表面光滑，色彩绚丽，有黑、白、红彩绘图案 30 多种，这在仰韶文化中独树一帜。其白衣彩陶、红衣彩陶和种类繁多的器物造型，宣示着这是一处欣欣向荣的仰韶时代场景。

大河村遗址中，那些陶器上有关天文现象的图案，能让我们现代人陷入沉思。那太阳纹、月亮纹、日晕纹、彗星纹、星座纹，还有那一个陶钵上的三个月亮、一个陶钵上的十二个太阳，不禁让人惊叹先民对宇宙的认识已经到了一个相当高的水平。

## 二

20 世纪 50 年代，在郑州一座商墓中出土了一件大口尊，经专家鉴定发现，大口尊的胎骨是高岭土，胎色灰白细腻，吸水性较弱，里外施黄绿色釉，烧制温度在 1200 摄氏度以上，基本具备了瓷器特征。但胎质的精细度、胎色的纯白度、釉层的薄厚度、胎釉的结合度，相较瓷器还稍差。可以确定的是，大口尊已经不是简单的陶器了，专家们把它定为原始青瓷，定商代为中国瓷器的起源时期。近些年来，郑州地区不断有原始青瓷被发现。

巩义的北山口镇和站街镇一带，有大规模古代窑址遗存。这些窑口兴起于北朝，兴盛于隋唐，式微于宋金。这里早期生产青瓷，隋代开始生产白瓷，唐代不但是著名的三彩产地，还生产最早的青花瓷。在唐大明宫和南海沉船中都发现有巩义窑产品。巩义是三彩陶和青花瓷的重要发源地。

新密、登封一带，在唐宋之际制瓷业也非常发达，产品以白瓷为主，其次是黑瓷和青瓷。特别是发现了早期的珍珠地划花工艺，这种工艺源于唐代金银器上的錾花装饰。珍珠地划花瓷器存世很少，仅故宫博物院和美国、日本博物馆有收藏。现在登封经过多年的研制，已经恢复了珍珠瓷的生产，产品看上去光洁如玉、素雅大方。

# 运河郑州

大运河列入世界文化遗产名录以后，各地都在保护、发掘、利用积淀深厚的运河文化。保护、发掘、利用都是建立在对运河确切认识的基础上，否则一切无从谈起。

我国最早沟通黄河和淮河的人工运河是鸿沟，战国时代魏惠王十年（前 360 年）开凿，从荥阳引黄河水为源，向东流经中牟、开封，折南而下入淮，把黄河与淮河之间的济、濮、汴、睢、颍、涡、汝、泗、菏等诸水贯通，形成鸿沟水系。鸿沟的开凿为南北大运河的开凿创造了条件。

秦始皇统一中国后，充分利用鸿沟水系，南粮北运，在荥阳建立敖仓作为转运站，以保障咸阳的粮食供给。

隋代是运河开凿的高潮。隋代以前，国都长安经渭水到黄河开通有漕渠，以保障长安的物资供应；东段从淮安开通了邗沟。从漕渠到邗沟一段，是隋代花费很大精力开通的，叫通济渠。通济渠把漕渠和邗沟贯通以后，打通了黄、汴、淮、江四大水系。加上以洛阳为起点，打通黄河和海河的永济渠，还有后来京杭大运河的贯通，整个中国都被连在了一起，这对于中国的经济发展和维持统一有着不可估量的作用。

流经郑州段的大运河，是通济渠。郑州西连洛阳、西安，东通淮安、杭州，处于通济渠上的枢纽位置，属“地管御河”，“商旅往还，船乘不绝”，可以想象得出当时的热闹繁忙景象。由于战争频仍、黄河泛滥，郑州段运河逐渐淤塞。元代开凿了贾鲁河作为沟通黄淮水系的运河，这段运河对黄淮区域经济发展起到了有力的推动作用。

索须河段是大运河郑州段中保存最好的运河，全长16公里。郑州计划在这里恢复隋堤烟柳、鸿沟古城等景观。

运河“人”字形交汇处，就是荥泽。所以郑州是核心，是枢纽。

古荥泽八景——纪公忠烈、岳山耸翠、隋堤烟柳、黄河古渡、鸿沟暮云、广武晴岚、惠济长桥、古城牧唱，应该说都是运河的八景。此外，还有散落在大运河区域内的“十二遗珠”景观：王氏宗祠、程氏家庙、惠济桥、花园口决堤遗址、红光寺、岔河遗址、小双桥遗址、玉皇阁、祥云寺等。

白居易《隋堤柳》中写通济渠：“西自黄河东至淮，绿阴一千三百里。大业末年春暮月，柳色如烟絮如雪。”皮日休《汴河怀古》写大运河：“尽道隋亡为此河，至今千里赖通波。若无水殿龙舟事，共禹论功不较多。”

郑州段大运河，不同年代有不同的名字。隋唐之前称鸿沟，隋唐时称通济渠，宋代称汴河，元明清称贾鲁河。大运河始终是国家统一和经济发展的重要命脉。

# 长城郑州

长城可不都在北国，河南也有长城。南阳的楚长城是中国最早的长城。郑州也有长城，郑州这段长城一般叫魏长城。

魏长城也是较早的长城之一。公元前 364 年，魏国将国都从安邑（今山西夏县）迁到大梁（今河南开封）。为了防御强邻秦国入侵，魏国在公元前 358 年开始修筑长 100 多公里的长城。魏长城东起原阳（当时黄河从原阳向北流），沿圃田泽到荥阳，从荥阳西南进入山区，经巩义到新密，平地夯土，山地砌石。如今在平原地区的长城，已存留不多，只在圃田有一点儿残存遗迹。但在山区还保存一段将近 6 公里的长城，从新密米村镇茶庵村，经五岭寨风门口、沙岗、蜡烛山、香炉山，到荥阳崔庙镇王宗店村。这段长城修筑于崇山峻岭之中，地势险要，易守难攻。城墙完全用青石砌就，墙基宽 2.5 米，现存墙体最高处有 2.5 米。依长城而建的还有古寨堡、古炮台。古寨堡内有一间间石屋，如今仅存有房基，荒草萋萋。远远望去，群山中的长城如青龙盘卧，气势宏伟，荡人胸次。

《史记·苏秦列传》记载苏秦说魏襄王："大王之地……西有长城之界。"这个界就是指魏长城。

这段长城还叫卷长城。《后汉书・郡国志》载："卷有长城，经阳武到密。"卷是指黄河岸边的卷县（今河南原阳县西北），是这段长城的东起点，所以也叫卷长城。

公元前366—前357年，韩国和魏国经常发生战争。韩国为了北防魏西防秦，在尖山一带也修了一段长城。顾炎武经过考证，在《日知录》中记载说"此韩长城也"。有人把韩长城看成是魏长城的一段，因为当时诸侯纷争，国与国的边界时常变化。

康熙年间《中牟县志》记载圃田泽："东西五十里，南北二十六里。西限长城，东极官渡。高者可耕，下者散而成汇。"当时怎么也想不通"西限长城"的长城在哪里，后来阅读到魏长城的资料，才恍然大悟，原来圃田泽西边就是魏长城。

对郑州来说，保护长城是应尽的义务，长城也是宝贵的旅游资源。

# 三教融合

## 一

有一个外国人问中国的一名知名学者，能否用一个字概括中国传统文化，学者答“和”。外国人又问，两个字呢？学者答“中和”。外国人再问，那三个字呢？学者答“致中和”。这个回答非常精辟，道出了中国传统文化的显著特征。

不同文明、不同文化，相互之间产生分歧甚或冲突，是正常的事。在同一种文明或同一种文化中间，产生分歧也是正常的，甚至产生冲突也是可能的。但能有雨过天晴时的空明，相逢一笑的宽容，相互尊重、相互欣赏的胸襟雅怀，才是难能可贵的。

儒家、道家都是中国土生土长的文化，往上追溯，可能追溯到《易经》，追溯到太极八卦去了。春秋战国时百家争鸣，虽说没儒、道两家后来门头高，但儒、道两家敢保证自己篮里放的没人家的东西？敢保证彼此的东西一点儿也不掺和？佛教是外来户，你不看看儒、道两家的套路，你能在这块地儿站住脚？儒、道两家从小一块儿长大，彼此家底比较清楚。佛家出场时，人家兜里宝贝儒、道两家不清楚，过招中间，儒、道两家也不作声地拿人家的东西，鼓了自己的腰包，长了自家的本事。你仔细扒扒儒、道两家典籍，会找不到佛家的影子？少林寺之所以能成为禅宗祖庭，也是佛家吸收了儒、道两家的东西，佛教中国化了，中国人才信。

到了嵩山，你总要去看少林寺，那可是禅宗祖庭。你可能去看中岳庙，那可是道教重地、新天师道祖庭。你可能去看嵩阳书院，那可是宋朝四大书院之首，宋明理学的重要发祥地。

如果你去少林寺，有一块碑一定要看，看了这块碑，你才能了解这片土地上的文化，你才能更深刻理解中国传统文化。这块碑是《混元三教九流图赞》碑，碑上的图，正看是佛祖，左侧看是孔子，右侧看是老子，两手捧《九流混元图》，讲的是“三教一体，九流同源，百家一理，万法一门”。据说是明代“乐圣”朱载堉游嵩山以后画的，简称《和合图》。

## 二

儒家讲入世，讲修齐治平。追求达则兼济天下，穷则独善其身。达时不说，你出将，你入相，穷时独善，怎么个善法？像陶渊明，撂挑子回家种地，高卧北窗，做羲皇上人；像李白，被赐金放还，“五岳寻仙不辞远，一生好入名山游”“我有万古宅，嵩山玉女峰”，好像走向了道家。当然，不当官了，也可以出家当和尚，那就进入了佛家。

道家讲出世，讲修身养性，炼丹辟谷，羽化成仙。道家符箓派，讲的就是给人消灾治病，怎么能算不入世呢？丘处机那可是一代名道宗师，不顾岁高年迈，万里西行，见忽必烈，劝其少杀，不知从蒙古弯刀下救了多少人性命，怎么能算完全出世呢？更不用说从终南山上走下来为官的那些人了，还有那些标榜大隐隐于朝的人，比儒还儒呢，哪谈得上出世呢？

佛家讲来世，要来世好，要往生净土，要去西方极乐世界，那你要证得本心呀，你得修成菩萨呀。你现在是菩萨心肠，那么多人都在受苦，你忍心走？你得发慈悲心，普度众生，哪是你说走就能走得了呢？

## 三

嵩阳书院的将军柏，仍然如龙欲腾、如凤欲舞。我们嵩山论坛，每年年会期间，都邀请中外学者在大柏树下举办露天学术交流，参加的专家学者，不仅有中国的儒、释、道等各家代表，还有世界各大文明的代表人物。大家是公平的、相互尊重的，就全人类共同关心的问题，从各自文明的角度，发表自己的观点。大家都认为在这样一个古老的书院、在各种文明都能和谐相处的中岳嵩山，有这样一个供大家交流对话的平台，太难能可贵了。这一点不能算我们的成绩，应当感谢这一块有特殊文化底蕴的土地，感谢先人给我们留下了这一中正融合、和谐共生的宝贵精神财富。

历史上儒、释、道作为中国传统文化的骨干，在嵩山之麓相互借鉴，相互滋养，共同铸就了中华民族灿烂辉煌的文化。新时代我们要有更加开阔的胸襟，让世界上各种文明走进来，展现它们的风姿华彩，我们乐于美人之美；让中华文化走出去，走向世界，乘四海波涛，沐五洲风雨，强筋健骨，求美美与共，天下大同。

# 释源祖庭

自古名山僧占多。素有“释源祖庭”之誉的慈云寺，坐落在巩义青龙山。青龙山是嵩山北麓著名山脉。慈云寺山围周遭，一水中流，林木丰茂，环境清幽。当年摄摩腾、竺法兰两位高僧，一眼就看上了这块可以创寺弘法的风水宝地，于是，就诞生了佛来东土的第一座民间寺院——慈云寺。

## 一

摄摩腾、竺法兰初来时，受到汉明帝的礼遇，被安排在鸿胪寺译经传法。但佛家修行讲究的是清静，译经也不适合在热闹之处，鸿胪寺相当于现在的国宾馆，显然不是译经传法的理想之地。

当时东汉的都城坐落在与巩义毗邻的偃师境内，也就是现在的全国重点文物保护单位汉魏洛阳故城。摄摩腾、竺法兰出城云游，来到青龙山，睹其胜概，发心创制，亲自带领工匠和佛徒，诛茅斩茨，辟为丛林。二位高僧广收信徒，译经传法，真如一片慈云从青龙山升腾散布，泽化众生，从而奠定了慈云寺在中国佛教发展史上“释源祖庭”的地位。

## 二

魏晋时期，社会动荡，慈云寺屡有兴废。

北魏孝文帝、宣武帝、孝明帝和胡太后皆崇佛，此时兴建了少林寺，少林、慈云二寺邻近，僧众往来频繁，关系密切。慈云寺古碑记载：“祖风是务，佛日增光，少林共祖，白马同乡。”

隋文帝杨坚从小在寺院长大，非常信佛，诏告百姓听任出家，大兴佛寺、造像。当时以慈云寺为中心，西有白马寺，北有净土寺（今石窟寺），南有大法王寺和少林寺，晨钟迎鸡唱，暮鼓送夕阳，一派寺兴僧夥的景象。

出生在洛州缑氏（今河南偃师缑氏镇）的陈祎，也就是后来鼎鼎大名的唐玄奘，先出家净土寺，后赴“西天”取经，取经归来翻译佛教三藏，即《经藏》《律藏》《论》，把中国佛教推向了新的发展高潮。玄奘也成为中国最著名的高僧。后来，玄奘曾奉旨重修慈云寺，再振祖庭。

## 三

北宋建立后，选择在巩义青龙山之阳建皇家陵寝。北宋除徽、钦二帝被金兵掳去北国，其余七个皇帝和赵匡胤的父亲赵宏殷皆葬于此，号称七帝八陵。为了方便祭祀祖宗先皇，宋王朝在陵区内建了很多寺院，处在近侧的慈云寺，受到宋王朝的高度尊崇和保护。

元代近百年间，慈云寺曾有元世祖忽必烈和元顺帝妥懽帖睦尔两次敕建。

明太祖朱元璋当过和尚，对佛教高度重视，慈云寺得到重点保护。明英宗时，北京大能仁寺国师弘善妙智的高徒觉顺，寻访来到殿倾墙圮、瓦砾遍地的慈云寺旧址，誓心重建。经过 14 年的艰辛努力，慈云寺重现昔日“庄严楼阁、巍巍宝殿”的盛况。觉顺禅师，号南宗，人称南宗顺禅师。他先师曹洞宗第六代大和尚信公无疑，信公和尚圆寂后，去北京大能仁寺受业于弘善妙智国师，后又遇临济宗二十四世赵州柏林寺天竺大和尚，得传为临济宗二十五世嗣祖。他这种依法不依祖的禅风，在慈云寺不断发扬光大，后来一直传续600 多年，并流布到日本和中国台湾地区。

深山藏古寺，慈云寺坐落在群山环抱之中，真是一处寻幽访古、观光游览的绝佳去处。

# 禅宗祖庭

禅宗祖庭少林寺，被誉为“天下第一名刹”。因坐落在嵩山腹地少室山阴茂密丛林中，故名少林寺。

## 一

少林寺创建于北魏太和十九年（495 年），孝文帝拓跋宏为了安顿前来传教的印度高僧跋陀，在与都城洛阳相望的嵩山敕建而成。

北魏永平元年（508 年），印度高僧勒拿摩提和菩提流支等先后到少林寺译经。

北魏孝昌三年（527 年），佛传禅宗第二十八祖菩提达摩东土传法，来到少林寺，在跋陀的基础上，广收信徒，传授禅宗。后传法慧可，是为禅宗二祖，从此禅学在少林寺落迹流布。

北周武帝禁佛，少林寺受到严重破坏。北周静帝时，少林寺得到恢复，改名陟岵寺。

隋文帝崇佛，复改陟岵寺为少林寺，并赐少林寺土地一百顷，且有其他赏赐。

唐初，由于少林武僧救过李世民，唐太宗赏赐少林寺田地四十顷、水碾一具，每个僧人赏紫罗袈裟一袭，封昙宗和尚为大将军，从此少林寺名扬天下。

宋代少林寺“革律为禅”。禅宗的云门、曹洞、临济三脉均从少林传布开去。

元初，世祖命福裕和尚住持少林寺，殿宇、佛事都得到了恢复。

明代，因少林僧兵抗倭有功，朝廷大规模整修寺院，少林寺享有免除粮差等特权，少林功夫在全国武术界的权威地位也得以确立。

清代，康熙、雍正、乾隆等皇帝对少林寺恩宠有加，拨银赐匾。乾隆有《宿少林寺》诗：“明日瞻嵩岳，今宵宿少林。心依六禅静，寺据万山深。”

民国时期，少林寺毁于战火。新中国成立后，在政府的支持下，少林寺逐步得到了恢复，并焕发了新的生机和活力。如今少林寺、初祖庵、塔林，已和其他文物古迹一起被列入世界文化遗产名录。

## 二

少林是禅不是拳。

禅，就是梵语“禅那”的略称，意思是静虑、冥思。人的本心是清亮的、宁静的、质朴的、无垢的，返璞归真，参透人生，就是禅。

相传有一天，佛祖在灵山会上，拈花示众，众人不解，只有摩诃迦叶微微一笑。佛祖说："吾有正法眼藏，涅槃妙心，实相无相，微妙法门，付嘱摩诃迦叶。"摩诃迦叶就成为禅宗初祖，印度禅师代代相传，传到第二十八代就是菩提达摩。达摩东土传法，先到江南，和梁武帝相谈不契，一苇渡江，来到嵩山少林寺，面壁九年，开始传法。达摩成为中国禅宗初祖，少林寺也成为中国禅宗祖庭。

禅宗分两种，一种是如来禅，一种是祖师禅。少林寺属于祖师禅。如来禅是依照佛教经典参禅，祖师禅是依照祖师的教诲参禅。少林寺尊祖不是不尊佛，而是既尊祖又尊佛，以尊祖为主。

达摩初祖传二祖慧可，慧可传三祖僧璨，僧璨传四祖道信，道信传五祖弘忍，弘忍传六祖慧能。

达摩初祖传法偈：吾本来兹土，传法救迷情。一花开五叶，结果自然成。一花就是指六祖慧能，五叶即慧能以后形成的禅宗五大宗派，有沩仰宗、临济宗（黄龙派、杨岐派）、曹洞宗、云门宗、法眼宗。

1245 年，元世祖忽必烈命雪庭福裕禅师住持少林寺。福裕禅师是曹洞宗第十五世禅师。他将少林寺恢复到金代规模，讲法授徒，革律为禅，成为少林寺曹洞宗第一代祖师，其法脉一直传续至今。现任少林寺方丈释永信大和尚属于曹洞宗第四十七世、少林寺曹洞宗第三十三代法嗣。

曹洞宗的创始人，是洞山良价和曹山本寂师徒俩。曹洞宗为禅宗诸派中有浓厚哲学思辨味道的一派。良价彻悟后，认为慧能大师的顿悟法门非一般人能做到，遂提出五位说的方便法门，广接各种不同根器的人，形成独有的具有绵密完整特色的顿悟之法。曹洞宗的“回护”理论，讲的就是事物的普遍性和特殊性，强调事物的联系、发展和变化。主张佛在心中，心即是佛，静坐默究，净悟佛理，去掉妄念，便能无碍圆融，鉴照本心，顿悟即可成佛。这种修默照禅的理论方法在中国禅宗发展史上独树一帜，发挥了重要的促进作用。其关注社会发展、扬善弃恶、普度众生的精神，和今天的社会建设方向也是一致的。

## 三

少林功夫是禅又是拳。

天下功夫出少林，一部《少林寺》电影，使中国功夫作为一种文化载体走向世界，作为一种文化符号风靡全球。

少林寺参禅习武的传统，来自达摩祖师，至今好多武功套路还都冠名达摩。他老人家在达摩洞面壁九年，如果整天枯坐，什么样的身体也坚持不了，打坐之后，起来活动身体，舒展筋骨，这应该就是少林武术的起源。

达摩祖师传法时，有些人长时间打坐，影响血液循环，出现瞌睡和体力不支现象，于是传授少林武术就成为修禅的必要条件和有机组成部分。禅宗讲究的就是生活禅，行走坐卧，吃喝拉撒，都是修行，修禅必须练拳，练拳也是修禅，最后走向禅武合一。

以参禅之心习武，把习武当成参禅手段，这是少林武学的精华所在，也是少林功夫与一般武术的区别所在。

少林功夫有 1500 多年的历史积淀，本身具有深厚的文化内涵。

少林寺主张僧人禅武双修，用禅心促进武学，用武学促进禅修。用禅学的智慧练武，才能使功夫臻于化境；将武学渗入禅修，才能使禅修更加精进。练武练的是功夫，修禅修的也是功夫，功夫加功夫，相得益彰。

僧人要受佛教戒律的约束，最基本的有五戒：戒杀、戒盗、戒淫、戒酒、戒妄语。表现在少林拳上则是注重自卫，不嗜攻击，时时处处注意节制谦和，动作追求内劲、短小精悍、后发制人。这一点体现的不仅是禅文化，也是中华传统文化中的先礼后兵、以和为贵。

少林功夫是一个庞大的体系，少林寺现存拳谱中有数百种套路，其中精品有数十种，这些套路构成了有序的体系。这个体系不仅是技术，还蕴含有文化、科学和信仰。

习练功夫要求符合人体运动规律，讲究动静结合、刚柔相济，最有名的就是“六合”理论，即手与足合、肘与膝合、肩与胯合、神与意合、意与气合、气与力合。这和明心见性、参透宇宙人生的禅学理论完全契合。

少林功夫是拳也是禅，是中华文化的一个优秀载体，正在有效地发挥着让中华文化走出去的积极作用，这种作用值得肯定、支持和弘扬。

少林寺这些年恢复了打禅七等不少佛事活动，僧人的禅修生活越来越正规、越来越丰富。释永信方丈说，他最重要的事情是尽快修复禅堂，让少林寺僧人早日过上清净无扰的禅修生活；他最大的心愿是恢复历史上“深山藏古寺，碧溪锁少林”的胜景。

# 净土祖庭

超化寺，原名阿育王寺，坐落在新密市超化镇中心，北望青屏，南傍马嵬，西依嵩岳，东瞰大隗，是一处著名的佛教圣地。

## 一

公元前 243 年，西域沙门僧释利防一行十八贤者，携带佛经和佛祖真身舍利来东土传法，在咸阳为秦王嬴政所囚，十九份盛装真身舍利不知所踪。汉桓帝建和元年（147 年），安息国太子高僧安世高等来到京都洛阳，翻译佛经，并在宫中讲法。安世高访得了释利防一行散落在民间的佛祖真身舍利，遂向桓帝建议，在全国选择十九处吉地，分别建塔供奉佛祖舍利。桓帝采纳了安世高的建议，拨出官银，在全国修建了十九座舍利塔，超化寺塔即为其中之一。

《尔雅》中有“山如堂者密”。新密地势优越，居京畿之地，西距洛阳不足 100 公里，又是交通要道。超化寺更是四面环山，二水（绥水、洧水）中流，环境殊胜，清景幽绝，可谓兴佛传法的宝地。

陕西扶风县法门寺博物馆里，悬挂有《中国古代十九座释迦牟尼佛真身舍利宝塔分布图》，上面标记了十九座佛塔的具体地点，其中明确标注“密县超化寺”位列第十五。

金代著名学者、曾任郑州防御判官的王庭筠，在他的《舍利塔》诗中称赞超化寺塔：“苍山亭亭如覆盎，佛塔东西屹相向。林头朝日射重檐，黄金丹砂晔生光。中华此塔第十五，图记所传知不妄。智慧薰成舍利罗，夜半奇芒时一放。……塔前树秀老不死，树下水流多益壮。再拜初尝一勺甘，洗我三生烦恼障。”

## 二

超化寺兴于北魏，盛于唐。北魏永平元年（508 年），净土宗大师昙鸾在洛阳求教于天竺高僧菩提流支长生之术，菩提流支告诉他，长生不如解脱，并授他《观无量寿经》，让他以此修行，解脱生死。昙鸾应邀来新密阿育王寺任维那一职。他按菩提流支的开示修行传法，并把儒、释、道三学要义融会于净土思想之中，创立了简便易行的“阿弥陀佛”法门，奠定了净土宗开宗立派的理论基础，为佛教中国化做出了重大贡献。净土宗以“超升净土，化育群生”为宗旨，遂把原阿育王寺改名超化寺，超化寺也被称为“净土祖庭”。

超化寺兴盛时，有上、中、下三寺，上寺在超化二层寨，中寺在超化塔坡，下寺在超化街北，其中下寺最大。超化寺僧众最多时有 2000 多人，范围南到三门沟，北到石羊岗，是接纳十方僧侣的大道场。

## 三

“超化塔，十八层，天仙庙，滴水棚……”，这首民谣在新密人中不知流传了多少代，超化塔就是新密人心中的家乡地标。无论外出多远，无论外出时间多长，回来时远远看到超化塔的塔尖塔影，那就是到家了。

可是，这座屹立千年的古塔，这座供奉佛祖真身舍利的宝塔，没有躲过“文革”的浩劫——为了盖公社砖瓦窑场，被当成“四旧”扒掉了。古人把塔建得太牢固了，20 多个人拆了将近一年才把塔拆掉。

当超化塔地宫打开时，安放千年的舍利函露出了真容。据目击者回忆，汉白玉函打开是木函，木函打开是银函，银函打开是水晶函。佛骨舍利在水晶函里，不到两寸长。每层函都用黄灿灿的丝绸包着，但暴露在空气中很短时间内全变黑了。地宫文物没有得到及时保护收藏，使佛骨舍利惊鸿一瞥、消匿无影，塔铭碑也不知所踪。

如今在超化塔原址上，重建了超化塔，新密人又能远远地看到它，心里获得些许安慰。超化寺这座与陕西扶风法门寺齐名的古寺，也在不断恢复着昔日的辉煌。

# 洛学胜地

中国古代的书院是中国人的一方精神圣地。它具有讲学、藏书和祭祀等功能。古代书院最著名的是宋代四大书院，就是嵩阳书院、应天书院、岳麓书院、白鹿洞书院，其中最具影响力的当推嵩阳书院，因此称嵩阳书院为四大书院之首。

## 一

嵩阳书院因坐落在嵩山南麓而得名，它的前身是嵩阳寺。嵩阳寺创建于北魏太和八年（484 年），香火很盛，僧徒曾多达数百人。隋大业八年（612 年），道人潘诞在嵩阳寺为隋炀帝炼长生仙丹，改嵩阳寺为嵩阳观，这里成了道教活动场所。唐代，嵩阳观为皇帝游览嵩山时的行宫，又被改为奉天宫。五代后唐时，庞式、杨纳、舒元在嵩阳观聚徒讲学，后周时改嵩阳观为太乙书院。宋代，太宗时改太乙书院为太室书院，仁宗时改太室书院为嵩阳书院，这时的嵩阳书院处于最兴盛的时期。金代废嵩阳书院，更名为嵩阳宫。明代嘉靖年间，废嵩阳宫，重建嵩阳书院，书院迎来了复兴，但明末毁于战火。清代康熙十三年（1674 年）复建嵩阳书院，乾隆年间，嵩阳书院经过修缮，面貌一新，有北宋盛时气象。

2010 年，嵩阳书院和其他嵩山古建筑一起，被列入世界文化遗产名录。

## 二

嵩阳书院是洛学的发祥地。儒学发展到宋代就是理学，理学有濂、洛、关、闽四大流派，其中洛学是对后世影响最大的学派。洛学是程颢、程颐兄弟创立的，创立的地点就是嵩阳书院，因为二程长期在这里聚徒讲学。

洛学以儒学为核心，同时吸收了佛、道两家的东西，从哲学层面论证天理与人欲之间的关系，规范人的行为，维护封建秩序。二程认为理存在于天地万物之中，这个理就是天理，是人类社会的根本所在，是人类行为的最高规则，所以要“存天理，灭人欲”。二程的洛学是唯心的，但也含有辩证法因素，它承认事物是相互制约的、变化的、发展的，可以说洛学奠定了宋明理学的基础，二程是宋代理学的奠基人。

程颢、程颐的学说虽然都属于唯心主义，但又有不同。程颢偏向主观唯心主义，经谢良佐传张栻，再传陆九渊，一直到明代王阳明，形成心学一派，世称“陆王心学”。程颐偏向客观唯心主义，经杨时传罗从彦，再传李侗，再传到朱熹，朱熹集理学之大成，世称“程朱理学”。

洛学在理学四大流派中一枝独秀。闽学以朱熹为代表，它直接从洛学发展而来。濂学在理学初创时期，起过开辟鸿蒙的作用。关学在张载去世后，后继乏人，一些著名观点被洛学吸收改造。所以洛学代表北宋时期理学的高峰。

## 三

名师出高徒。嵩阳书院除二程外，还有很多名师到这里讲学，如陈抟的嫡传弟子种放，忧乐天下的范仲淹，《资治通鉴》的作者司马光，龙图阁直学士韩维，谏议大夫吕诲，范仲淹次子、尚书右仆射兼中书侍郎范纯仁，太师文敏公李邴，尚书右仆射兼中书侍郎李纲，左谏议大夫刘安世等。北宋以后，仍不乏名师，如金代儒学大师杜时升；宋金时期文坛主将元好问；清代“中州三君子”耿介、冉觐祖、李来章，编纂《嵩山志》的焦贲亨，理学名臣汤斌，理学家、教育家张沐，教育家窦克勤，登封知县张埙等。

嵩阳书院走出著名生徒众多，有宋一代，如甘守清贫的隐者杨朴，佯狂辞官的钱若水，三居相位的吕蒙正，历官翰林学士、枢密副使、参知政事的陈尧佐，修建岳阳楼的滕子京，关学创始人张载，程门四先生谢良佐、杨时、游酢、吕大临，程颐“吾晚得二士”的张绎和尹焞，参知政事、词人陈与义，开南宋一代画风的李唐，著名词人朱敦儒，太师、崇国公张九成，太尉、开府仪同三司曹勋等。

另外，在嵩阳书院还发生过许多逸闻趣事，也提高了其知名度，如程门立雪、如沐春风，还有那树龄四五千年的将军柏、古朴大方的书院建筑，都彰显着丰厚的文化底蕴。

# 新天师道祖庭

中岳庙是著名道教宫观，位于嵩山太室山东麓，是新天师道祖庭，是五岳中保存最完整、规模最大的古建筑群。

## 一

中岳庙原为太室祠，建于秦，为祭祀太室山神的场所。

西汉元封元年（前 110 年），汉武帝临祭嵩山，在登太室山时，随从官员说听到了山呼万岁，武帝十分高兴，下令祠官扩建太室神祠，禁止百姓砍伐山上树木，作神祠供奉之用，太室祠地位益固。又封太室山为嵩高山，简称嵩山。嵩山正式列为五岳之一，称中岳。

北魏时，祠址三迁，定名中岳庙，交由道教使用。

唐代中岳庙有了进一步发展，武则天天册万岁二年（696 年），加封中岳神为天中王，改嵩阳县为登封县。唐玄宗李隆基扩建太室祠。

宋太祖金妆神像，岳神冠戴衣着沿袭至今。

宋真宗封中岳神为中天崇圣帝。

元代加封中岳神为中天大宁崇圣帝。

元明清三代，前期虽有战争损坏，但后又多次修缮。特别是乾隆十五年（1750 年），清高宗中岳致祭，按北京故宫的方法，对中岳庙做全面整修。乾隆有《谒岳庙》诗："正正堂堂地，巍巍焕焕京。到来瞻气象，果足庆平生。惬我长年愿，陈兹祈岁情。忽闻鸾鹤韵，疑有列仙迎。"

## 二

中岳庙是祭祀岳神的场所，同时又是宏大的道教宫观。

中岳庙是嵩山地区最早的道教宫观，道家尊中岳为第六小洞天，认为这里是王子晋升仙之处。嵩山还有子晋峰。

道教创始人张道陵，曾在嵩山修道九年。南北朝时的寇谦之，在嵩山对五斗米道进行改革，创立新天师道，也叫北天师道。中岳庙峻极门东侧的《中岳嵩高灵庙碑》，碑文中记载的就是寇谦之在中岳庙传道的事迹。

此外，还有不少知名道士在中岳庙主持过道场。现在中岳庙道长是黄至杰，全真教龙门派第二十一代传人，担任中国道教协会副会长、河南道教协会会长。

## 三

中岳庙坐北朝南，背靠黄盖峰，前对玉案山，东邻牧子岗，西傍望朝岭。

最前边有太室阙，一条中轴线到黄盖峰。从中华门，经遥参亭、天中阁、配天作镇坊、崇圣门、化三门、峻极门、崧高峻极坊、中岳大殿、寝殿和御书楼共七进十一层。中轴线两侧建有太尉宫、火神宫、祖师宫、神州宫、小楼宫等。有楼阁宫殿等建筑物 400 多间，面积 10 余万平方米。

中岳大殿为主体建筑，面阔九间，进深五间，挑檐抹角，四龙吞脊，顶覆黄色琉璃瓦，红墙黄瓦，一派皇家气象，是庙内最大建筑。大殿正中供奉崇圣大帝中天王，两侧配祀使臣和侍者及镇殿将军。陈列有乾隆皇帝所赐铜铸香案、香炉、蜡台和明代铁钟、大鼓等。殿前两侧立有御香亭、御制亭，均为重檐八角，造型优美。

整座庙宇整饬庄严，气魄宏大。所以人们称它为“小故宫”。在道教史上，被尊为“新天师道祖庭”。

# 夏都阳城

夏朝应该是中华民族历史上第一个现代意义上的国家。它的第一代王，或者叫后，是禹。禹的都城，是阳城，就在今天的登封市告成镇王城岗。

## 一

嵩山历史上就是夏部落活动的中心地区。禹的父亲崇伯鲧，就是因为生活在嵩山才称崇伯，嵩山又称崇山。

鲧治水失败，被尧在羽山杀掉，舜复命禹子承父业，继续治水。禹接手后，总结鲧治水的教训，变堵为疏，三过家门而不入，终于治水成功，安定了天下。经过多年考验，舜看到禹不仅有管理才能，而且有舍我为公的精神，就把王位禅让给了禹。

禹上台后，由于困扰百姓的洪水问题得到了解决，生产发展了，经济富裕了，又征服了一些不顺从他管辖的部落，并在涂山会盟，接受朝贺。把天下划分为九州，派州牧进行管理，形成中国历史上第一个奴隶制国家。

部落要有核心，国家要有都城。禹把他的都城定在嵩山脚下，这是完全合乎情理的。一是这里是夏部落的故地，是夏部落的势力范围，当然是最可靠的根据地；二是这里属豫州，是中原，是天地之中，便于控驭四方。

《竹书纪年》载："夏后氏禹居阳城。"《汉书》注也说"禹都阳城"。

## 二

20 世纪 70 年代，考古工作者在登封告成发现了古代阳城遗址，因为从中出土的陶器上有"阳城""阳城仓器"的文字，专家认为这是春秋时期的阳城，显然不是禹都阳城。但这里也不会无缘无故就叫阳城，它和禹都阳城有没有继承关系呢？

以著名考古学家安金槐先生为代表的一批考古工作者，继续在春秋阳城周边寻找夏都阳城。功夫不负有心人，他们果然在春秋阳城西邻的王城岗上，发现龙山文化时期的一大一小两座城。大城面积 35 万平方米，有夯筑城墙，有城市环壕，有建筑基址，有带纹饰的陶器残片，有青铜残片等。经碳 -14 测定，小城使用年代为公元前 2190 年至前 1965 年，大城使用年代为公元前 2090 年至前 2030 年。大城使用年代的起点，恰是夏代起始阶段，结合文物、文献和遗址因素，专家们认为王城岗大城就是夏都阳城。所以说，中国就是从这里走来的。

# 郑州商城

郑州商城遗址坐落在郑州管城回族区内，总面积25平方公里，是商代早期“汤始居亳”的亳都，是全国重点文物保护单位。

## 一

1950年，当时身为小学教师的考古学家韩维周，在商城遗址发现了一些绳纹陶片和磨光石器，他初步判断这是商代遗存，于是立即报告了文物部门。1951年，中科院考古所对遗址进行了调查，根据所采集标本，确定这是一处商代遗址。考古队1973年在商城遗址发现了规模宏大的宫殿基址，1979年发现了结构复杂的宫殿建筑群，判定是商代二里岗时期王室贵族宫殿区。1986年，考古人员发现了外城墙，在内、外城之间，发现了多处青铜冶炼、骨器制作、陶器制作作坊，还有大片墓葬区和青铜窖藏、祭祀场地等。

郑州商城分为外城、内城、宫城三重。内城近似长方形，北城墙长约1690米，西城墙长约1870米，南城墙和东城墙均长约1700米，周长近7公里。宫殿区中大的基址有2000多平方米，小的仅 100 多平方米。城区内也发现一些形制较小的房基，应是平民居住区。

内城中有完备的供排水系统，水井经过精心券砌，蓄水池和输水渠用青石板铺成，这是我国迄今发现的最早的城市供水设施之一。

## 二

郑州商城遗址出土有数以万计的文物，其中有玉戈、玉铲、玉璋、玛瑙等玉器，反映了当时的制玉工艺水平已达到了相当高的程度。

在城址西墙外的一座商代墓内，出土了一件晶莹光亮的原始青釉瓷尊，轮制，饰席纹和篮纹，胎质细腻坚硬，这可以把中国陶瓷史上溯到 3000 年前。

另外还出土有十分罕见的夔龙纹金箔、制作精致的象牙觚和象牙梳、吹奏乐器枣石埙和陶埙、当时的货币穿孔贝等。

郑州商城出土的陶器最多，其次是青铜器、石器、骨器，还有玉器、瓷器、蚌器、象牙器等。有人这样形容郑州商城的文物：青铜重器雄浑，金饰宝玉璀璨，牙雕骨珍天工，青瓷灰陶拙巧，甲骨朱书旷世，兵刃利器精锐。

在杜岭铜器坑中出土的一件青铜方尊，高 100 厘米，重 86.4 公斤，已成为郑州文化历史的标志物。

# 郑韩故城

郑韩故城，位于郑州新郑市市区。城垣周长 20 公里，城内面积 16 平方公里，城墙为五花土夯筑而成。公元前 770 年，郑武公建都新郑。公元前 375 年，韩哀侯灭郑，迁韩国都城于新郑，到公元前 230 年秦灭韩，郑、韩两国先后以此为都 540 年，后人称之为郑韩故城。

## 一

1961 年 3 月 4 日，郑韩故城被国务院列为第一批重点文物保护单位，后被列入全国 20 世纪 100 项重大考古发现之一。

郑韩故城内文物遗迹众多，目前发现有东、西两座城。东城内发现有郑国宫殿遗址、祭祀遗址、铸铜遗址和韩国铸铁遗址、制骨遗址、制玉遗址、制陶遗址等，西城发现有韩国宫殿区和缫丝作坊遗址。故城内外发现有郑、韩两国贵族墓葬多处，平民葬区主要分布于城东黄水河东岸、城南和城西双洎河一带。

1997 年，在郑国祭祀遗址发掘出土青铜礼器 348 件、殉马坑 45 座，一下震惊了全国。这证明当时新郑是交通便利、商业发达的通都大邑。

## 二

1997 年 8 月，考古人员在郑韩故城宫殿区的夯土层内发现一通石碑，该碑灰砂岩质地，圭形，上半部两边各有一耳，下半部中间有一穿孔，碑身通高 3.25 米，宽 0.45 米，厚 0.25 米。碑身虽然正反两面上部都曾磨光，但不曾镌刻一字，是一通无字碑。无字碑的发现，立即引起史学界、考古界的热议。由于无字可据，专家们各抒己见，迄无定论。

近年来，有些专家对无字碑进行了深入研究，根据石碑的形制、现场祭品，结合古代相关文献判断，此碑应是战国时期韩国太庙所立之碑，这要比当时我国发现最早的汉碑还要早几百年。大多数专家看法基本一致。那么这通无字碑，真可以称为“中华第一碑”了。

## 三

郑国三号车马坑，位于郑韩故城西南角郑国贵族墓葬区。2017 年，考古人员在此坑内发掘出车 4 辆、殉马 90 匹，以及车辆的青铜部件等。其中的 1 号车，体量巨大，车长 2.56 米，宽 1.66 米，车顶部有防雨防晒设施，车棚上有彩席遗痕，另装饰有管状铜器、骨器。殉马均呈侧卧式摆放，马骨上没马具，这符合郑国

“拆车葬”的记载。从三号车马坑的规制看，墓主应当是郑国某代国君，由于墓内其他随葬品被盗一空，又无文字佐证，墓主身份很难确定。

在郑国祭祀坑中出土的青铜莲鹤方壶，更是蜚声中外，那顶部展翅欲飞的鹤，象征着新兴地主阶级昂扬向上的精神。

# 测景台与观星台

周公测景台和元代观星台都在一处，位于登封告成镇。先有唐代南宫说建周公测景台在先，再有元代郭守敬建观星台于后，二者一并构成中国古代天文建筑的杰作。

## 一

周灭商等于蛇吞象，周是偏居一隅的诸侯国，商是王，是大邑商。周为灭商找的理由有二：一是商纣王不行仁政，残害忠良，周顺应天意把商灭掉；二是周是夏的后裔，灭掉商不外乎又把王权收回了夏。这是舆论方面。从实际治理国家来讲，在偏僻的岐山统治全国是困难的，必须把首都建在全国的中心位置，才有利于统驭四方。所以周武王灭商后，先去祭了天室，等于把周代替商的大事向上天汇报告知了。周武王知道中原经济发达，交通便捷，商朝遗民分布在中原一带，建都于嵩山更便于统治全国，控制商遗民，这就是武王给周公的遗言“定天保，依天室”。武王没来得及实施的政治构想，历史性地落到了周公肩上，这便有了周公测影。

周公测影的目的是找地中。《周礼·大司徒》中说："以土圭之法测土深，正日景以求地中……日至之景尺有五寸，谓之地中。"这里方法也说了，目标也说了。周公在告成测出了地中，南宫说建周公测景台，就符合地中的标准，夏至这一天，石座四周看不到土圭的投影，测景台俗称"没影台"。后人还在石座后题了一副对联：道通天地有形外，石蕴阴阳无影中。确定了嵩山就是地中，洛阳就在嵩山脚下，于是周公理所当然地把洛阳作为新都，所谓定鼎中原。老窝不能丢，叫宗周，把洛阳叫成周。周公就这样完成了武王的遗愿。

## 二

忽必烈统一全国后，为改变当时历法混乱的状况，成立了专门机构，任用郭守敬、王恂等实行历法改革。

郭守敬等人在全国选了 27 个观测点进行"四海测验"，其中有 6 个中心观测点，其余 21 个为普通观测点，大都和告成均属于中心观测点。登封观星台，是这 27 处观测点中唯一保留下来的，显得弥足珍贵。当初郭守敬选择在告成建中心观测点，肯定和周公测影有关，历史上有些天文学家在这里从事天文活动肯定也和周公测影有关。譬如南宫说、僧一行、落下闳、傅玄等。

郭守敬使用的观测仪器都是当时世界上最先进的，观测的结果也是最准确的，他们测出一回归年长度为 365.2425 日，和今天许多国家通用的阳历一秒不差，但却比其他国家早了300多年。“四海测验”后，郭守敬制订的《授时历》，在我国通行了364年，是世界上使用时间最长的历法，同时还传到了朝鲜和日本。

观星台的平面结构分为两个部分：一是台本体，一是四面盘旋拥簇的踏道。观星台形如覆斗，上下比例收分有些《营造法式》的影子。它没有任何外观修饰，但看上去仍不失挺拔俊美。

如今的观星台，不仅是全国重点文物保护单位，而且已列入世界文化遗产名录。

# 武则天与嵩山

武则天一生和嵩山有十分密切的关系，可以说没有任何一个地方能比得上嵩山与她的关系——她在这里陪王伴驾，她在这里建元立极，她在这里完成政治交代。

## 一

据史料记载，武则天作为大唐皇后，作为大周开国皇帝，总共 8 次到过嵩山。

唐高宗永隆元年（680 年）春二月，武则天陪高宗李治和太子李贤，到嵩山拜会处士田游岩、著名道士潘师正。

唐高宗弘道元年（683 年）春正月，武则天陪高宗驾幸奉天宫，游少林寺，遣使祀嵩岳和少室山，并有《从驾幸少林寺》五言诗一首。

唐高宗弘道元年冬十月，武则天陪高宗驾幸奉天宫，准备封禅嵩山。太子李显留守东都。十一月高宗病重，同月返回东都。

武则天天册万岁年间，武则天举行登嵩山封禅圣典，改元万岁登封，改嵩阳县为登封县。

武则天圣历二年（699 年）春二月，武则天驾幸嵩山，过缑氏县，往谒升仙太子庙（同年六月，将所撰《升仙太子碑并序》刻石立缑山），途中患病，遣阎朝隐往少室山祈祷。阎以自己代牺牲，惹不少议论，巧的是武则天的病还真就好了。

武则天久视元年（700 年）腊月，武则天驾幸嵩山，次年春一月还神都洛阳。命造三阳宫于嵩山之阳石淙河畔。

武则天长安元年（701 年）夏五月，武则天驾幸三阳宫，秋七月还神都洛阳。

## 二

武则天是中国历史上唯一的女皇帝。在武则天看来，历史上没有女人当皇帝，但我武则天就要当皇帝，你们都去封禅泰山，我偏要封禅嵩山。陪皇上封禅泰山时我是皇后，虽有亚献之尊，但终归不是主角。现在我当皇帝了怎么能再去封禅泰山，不过我可以封禅嵩山。

其实在封禅泰山后，武则天就曾建议高宗封禅嵩山，不巧的是要么边关有事，要么高宗生病，均没有成礼。现在封禅嵩山，一是完成高宗遗愿；二是大周建元立极，君权神授，上告于天。再说嵩山是中岳，中是中央，是中枢，是统驭四方的核心。按传统文化五行说，中央戊己土，土生万物，天公地母，我女皇帝就应该封禅中岳，封禅嵩山。再说嵩山离洛阳那么近，相比封禅泰山，在嵩山封禅能够为国家节约很多财力物力。

天册万岁年间，70 多岁的大周皇帝武则天，穿衮戴冕，在嵩山峻极峰登上“广五丈、高四尺”的登封坛，隆重举行“封礼”祭天，以显祖文穆皇帝武华（武则天祖父）、太祖无上孝明高皇帝武士䕬（武则天父亲）配祀。改元万岁登封，大宴九日，免天下百姓一年赋税。

行“封礼”九天后，在嵩山下万羊岗上的封祀坛行“禅礼”祭地，以显祖妣文穆皇后（武则天祖母）、太祖妣无上孝明高皇后（武则天母亲）配祀。两天后在奉天宫朝觐坛接受百官朝贺。宰相李峤撰《大周降禅碑》，详记这次封禅盛典；武三思撰《大周封祀坛碑》，也记载了当时盛况。

## 三

武则天坐上皇帝宝座时，已是年近 70 的老人，皇位继承问题立即摆在了她的面前。对于武则天来说这是个两难选择。如果让李家人继承皇位，亲手建立的大周王朝就无法继续；如果让武家人继承王位，她和高宗就断了血食，儿孙也有灭顶之灾。

武则天诸侄中，年龄最长的武承嗣，自认为拥立武则天为大周皇帝时功劳最大，积极活动当太子，并组织人上书武则天。武则天来个既未应准，也未严厉阻止。朝中重臣都表示应立子不应立侄。武则天经过权衡，决定立子。

武则天有四个儿子。长子李弘被立为太子，23 岁时病死了。次子李贤先被封为雍王，后立为太子，因和母后意见不合，被流放巴州，不久便死在那里。当时只剩三子李显和小儿子李旦，按说李旦最有资格，他是名义上的“皇嗣”，三哥李显被废后正在房州管制，不具备竞争资格。但是长寿二年（693 年）发生了件意外的事，武则天听信谗言，错杀了李旦的正妃刘氏和窦妃。李旦虽然没有表露出不满之意，但武则天疑心李旦怨恨她。不久又发生了尚方监裴匪躬和内常侍范云仙私谒皇嗣事件，武则天大怒，以为李旦在私下活动反对她，下令腰斩了裴、范，软禁了李旦。于是她打算立李显为太子。借口庐陵王李显有疾，接回洛阳看病，暗示要立李显为太子。李旦明白武则天的心思，上表诚心拥戴哥哥当太子。武则天接受了李旦的请求，立李显为太子。

这样一来有一个矛盾没有解决，那就是李家和武家的矛盾。李家人当了皇帝，武家人的安全怎么保障？所以后来武则天游幸嵩山，到最后石淙会饮，表面看是和臣僚及李、武两家子弟歌舞升平、游玩娱乐，实际上就是为了弥合李、武两姓子弟的矛盾，增加彼此的感情。应该说这是武则天晚年最上心、最重要的政治交代。她死后的事实证明，这个矛盾她生前并没有化解。

# 卷二

# 大法王寺

嵩山，上有七十二峰，下有七十二寺，这里想说说大法王寺。大法王寺坐落在嵩山玉柱峰下，群山环列，合抱如椅，气势宏大，环境优殊，号称嵩山第一胜地。

## 一

大法王寺始建于东汉永平十一年（68 年），落成于永平十四年（71 年），是中国第一座皇封寺院。论历史，大法王寺是嵩山地区最早的寺院，比驰名中外的少林寺还早 424 年。大法王寺落成后，汉明帝多次带领文武百官来此礼佛听经，甚至要求新任官员也要到大法王寺听经学法后再走马上任。

三国魏明帝曹叡于青龙二年（234 年）增建伽蓝殿，改封为护国寺。

晋惠帝司马衷永康元年（300 年）在寺前增建法华寺，改封为法华寺。

隋文帝杨坚仁寿二年（602 年）敕建舍利塔于大法王寺，改封为舍利寺。

唐太宗李世民贞观三年（629 年）敕塑佛像，赐予庄园，改封为功德寺。唐玄宗开元年间，改封御容寺。唐代宗大历年间，改封为广德法王寺。

宋仁宗庆历年间，增建殿宇、僧寮，重塑佛像，改封东都大法王寺。

元、明以后，一直名大法王寺。

这么多朝代，这么多帝王关注同一座寺院，是中国佛教史上所仅有的现象，这也说明了大法王寺在中国佛教发展史上的显赫地位。

## 二

印度高僧摄摩腾、竺法兰是大法王寺的开山祖师，历史上大法王寺名僧辈出，被誉为中国第一菩提道场。

大法王寺落成不久，阳城侯刘峻一心向佛，他放弃优渥的世俗生活，经汉明帝御批，落发出家，成为佛教传入中原后的第一位僧人。

“神光讲经，地涌金莲”，这是代代广为传播的神奇故事。神光就是禅宗二祖慧可，他得传法嗣后，经常在大法王寺内传经说法。清康熙十二年《重修嵩山大法王寺碑记》载：“太室之阳有法王寺焉，昔神光讲经、地涌金莲之处。”徐霞客游历大法王寺时，亲眼所见，大法王寺有金莲花。金莲花为大法王寺特产，他处少有。大法王寺至今仍存有石砌紫金莲池。

唐代高僧元圭法师，初出家在大法王寺，圆寂后，按遗愿归葬大法王寺。他在传法时，最能阐发大乘宏旨，对禅宗发展有很大促进作用。有一天，中岳神慕名找元圭法师请教皈依之道，元圭说："不杀、不淫、不盗、不酒、不妄，你能坚持吗？"中岳神说："我掌管生杀大权，并已娶妻，酒也难禁，看来皈依无望了。"元圭说："不杀，是不乱杀；不淫，是不纵欲；不酒，是不酗酒。做到这些，你仍然可以皈依。"中岳神听后大悦。

另外，和大法王寺有联系的历代高僧有宋代慧昭、妙济，元代复庵、教亨，明代道衍、碧潭，清代离坧、适庵等，他们都是当时享有盛名、影响很大的高僧。

## 三

2000 年 4 月 8 日，经有关部门批准，河南省文物考古研究所对大法王寺二号塔地宫进行抢救性发掘，发现一尊高僧肉身像和一批珍贵文物。文物包括鎏金铜香炉、白瓷、黑瓷、漆钵、陶器、玉器等，几乎件件属于精品。更为可喜的是，这里发现的一只迦陵频伽盒，其精美程度令人叹为观止，形状为一古代侍女，人首鸟身，头梳高髻，作吹箫状。经专家鉴定，此盒为佛祖释迦牟尼真身舍利玉棺，内藏有佛骨舍利。这下解开了一个千古谜团。隋文帝杨坚仁寿二年（602 年），把印度高僧所赠佛祖真身舍利，分全国三十个州建塔供奉。历史记载大法王寺是建塔供奉寺院之一，寺院屡遭劫难，舍利早已湮没无闻，这次发掘，使大法王寺重现昔日荣耀。因为历史上曾发生多次惨烈的灭佛活动，供奉的佛祖舍利基本无迹可寻，大法王寺发现佛祖真身舍利，殊为珍贵。

大法王寺佛祖真身舍利，能够历浩劫而不灭，这要感谢当时一位名园仁的日本高僧和一位名天如的中国高僧，是他们在唐会昌灭佛的时候，冒着生命危险，把舍利等圣物秘密地安放在二号塔的地宫，否则这些圣物不可能逃过劫运。

如今佛祖真身舍利已交还大法王寺供奉，这会让广大信众更增加对大法王寺的敬仰之情。

## 四

大法王寺今天庙宇森严，梵呗悠扬。30 年前，这里还是殿倾墙颓、杂草丛生的一片破败景象，是一位身残志坚、恶心向佛的僧人，经艰苦卓绝的努力，重新振兴了这座历史宝刹，他就是大法王寺现任方丈释延佛法师。

延佛法师，俗名尚连福，登封市马庄村人。他原为登封市电业局职工，因工致残，高位截瘫。他人残志不坠，开始了自悟求法的艰难磨砺。住茅棚，食野果，忍饥寒，履冰霜，参禅打坐，研经礼佛。他的行为感动了少林寺永山大和尚，被其收为关门弟子，从此立下重兴大法王寺的宏愿。

1987 年 7 月，延佛法师和自己的几个学生来到了荒凉破败的大法王寺，开始了艰辛的重兴大业。功夫不负有心人，经过

10 年的努力，大法王寺重新出现在嵩山玉柱峰下，一尊尊庄严静穆的佛像重新面对信众。古树参天，七进院落，碑碣林立，古塔高耸，深山藏古寺，菩提一道场。

释延佛法师于 1996 年正式升任嵩山大法王寺方丈。

# 永泰寺

永泰寺，位于太室山西麓，坐东朝西，面对少林寺，背靠望都峰，南有少室山，北有子晋峰，林木蓊郁，景色清丽。

## 一

永泰寺是一座禅宗女僧寺院，也是中国最早的尼僧寺院，至今仍为比丘尼住持。

永泰寺始建于北魏，原名明练寺，后名永泰寺，金代名永禅寺，元代复名永泰寺，也有人称永泰庵或永泰院的。

永泰公主是北魏宣武帝元恪的女儿，孝明帝元诩的妹妹。嵩山建有多处皇家离宫，永泰公主少时常随父兄到嵩山游玩，为这里高山流水、青松翠柏、百鸟争鸣的优美环境所痴迷，加上看不惯宫廷内的相互倾轧、明争暗斗，决心出俗为尼。孝明帝同意妹妹出家后，就命人在嵩山选址建寺。寺址选在明练公主塔旁，明练公主是南朝梁武帝的女儿，达摩祖师的四大弟子之一。这里山清水秀，环境幽静，是难得的修行胜地，寺院建成后，即名明练寺。永泰寺后来的辉煌暂且不说，一进入人们的视野，这里就是两位公主出家的场所，其规格之高可想而知。永泰公主，父亲是皇帝，哥哥是皇帝，寺里费用不但不指靠香火钱，更不用自己化缘。朝廷的赏赐使用不尽，不少都周济了周围老百姓。因此，嵩山地区广大僧俗对永泰公主都十分崇敬爱戴。

唐代明练寺更名为永泰寺。金代，永泰寺为标明自己的禅宗地位，更名永禅寺。元、明以后，永禅寺复名永泰寺，尼僧世系也多依照少林顺序，高僧圆寂后也归葬少林塔林。

## 二

永泰寺始建于北魏孝明帝正光二年（521 年），以后屡有修缮，现存多为清代建筑。

永泰寺现存五进院落，有山门、天王殿、中佛殿、大雄宝殿、皇姑楼。厢房有伽蓝殿、六祖殿等。整个寺院红墙绿瓦、古树掩映，显得朴素淑静、端庄大方，彰显着女性的温润柔美。

寺内有不少著名碑刻石雕，如大唐中岳永泰寺碑、北宋石雕灯座等，都有很高的艺术价值。

永泰寺有北方少见的菩提树、“佛门旗杆”的大杨树、单株结果的银杏树，可见这是一方有灵性、有佛性的热土。

寺院的后山坡上有永泰寺塔，是典型的唐代建筑，为单层密檐式砖塔。塔室内部呈方形，上部呈空筒状直通塔顶。塔身之上为 11 层密檐，密檐外的轮廓线呈抛物线形，显得柔和、秀丽，塔的最上部是仰莲宝刹。整个塔的造型是我国现存唐塔的佼佼者。

永泰寺在嵩山七十二寺中独具特色，在全国寺院中也有其特殊地位。如今是全国重点文物保护单位。

# 石窟寺

巩义石窟寺，位于洛河北岸、邙岭大力山下的寺湾村，是北魏皇室继龙门石窟后开凿的又一处石窟。

## 一

石窟寺始建于北魏孝文帝太和年间，初名希玄寺，唐宋时曾改名净土寺，到清代改名石窟寺至今。

孝文帝的第二个儿子元恪，也就是后来的北魏宣武帝，有一年身染重疾，皮肤溃烂，久治不愈，他来希玄寺祈福。许下愿望：如能病愈，甘心在寺后凿山为窟，刻石为佛，重修寺庙，重妆佛像。病愈后，宣武帝亲择海内名工巧匠，不惜巨资，开凿了石窟。又造了一口三丈高的大钟，可以声闻数里之外。又在寺旁桃花岛广开市井，一时善男信女礼佛如潮。宣武帝时常来寺礼佛，有一次即景吟道："六六奇峰，三三秀嶂，绿叶丛丛，翠柏苍苍。西洛水以泳游，山明水秀；步邙岭以徘徊，心怡神旷。伏虎头前，宝塔层层峥嵘；屈龙背下，桃花瓣瓣生香。"

唐玄奘初出家净土寺，求法归来，带回优填王造像。优填王造像的特征是身躯健壮，方额广颐，面平略方，口小鼻直，神情庄重恬静。优填王造像全国只有龙门石窟、敦煌莫高窟和巩义石窟有，巩义石窟造有四尊，此可谓石雕佛像之瑰宝。

唐太宗李世民曾两次驾幸净土寺，对净土寺大加改造，设寺僧 30 人、庵姑 13 人。净土寺香火重燃，后又有乡儒在寺后造读书堂、阅文亭、万花楼等。唐武宗灭佛时，净土寺遭劫。唐朝末年，洛河泛滥，寺院全部被冲垮，连大钟都被冲到了山东，唯留存石窟。

宋代因皇陵在巩义，石窟寺得以复兴，并作为永昭、永厚二陵的祈福寺院，享有很高地位。

元、明、清三代，寺院屡毁屡建，石窟永远不动，人们便叫净土寺为石窟寺了。

## 二

石窟寺现存洞窟 5 孔，千佛龛 1 座，小佛龛 255 座，摩崖大佛 3 尊，佛像 7000 多尊，碑刻题记 200 多块。

石窟寺的开凿，把外来佛家艺术和中原文化艺术相结合，摆脱了北魏早期的深目高鼻、清瘦秀骨的特点，代之以面貌方圆、庄重静雅的造像风格。总体上给人一种宏大富丽、庄严虔敬的印象。

石窟寺雕刻有 15 幅《帝后礼佛图》，反映的是北魏孝文帝和文昭皇后的供养场面，构图严谨。《帝后礼佛图》层次分明，人物性格刻画逼真；供养人造像华贵庄严，随侍矮小谦恭，形成鲜明对比；场面盛大，彰显皇家气象，是佛教雕刻艺术不可多得的珍品。洛阳龙门石窟的《帝后礼佛图》被盗后，这里的《帝后礼佛图》成了国内孤品。

第一窟东壁北侧有维摩诘、文殊对坐说法像，维摩诘舒眉垂目，左手执扇，食指上翘，作胸有成竹的泰然之态，似在说居士修行的通达法门。维摩诘作为在家修行的居士，对佛理深研精修，连佛祖都有所敬服。这种形象为汉族士大夫接受，在佛教造像艺术中，维摩诘的影响不断扩大，形象不断丰富，反映了佛教艺术对汉族知识分子审美意向的渗透。

石窟寺内的伎乐天、神王和力士的雕刻，也都极富表现力。第三窟、第四窟手持乐器的伎乐天们，就是世俗演奏场面的写照。神王形象丰满，俨然世间权势贵族、威武将军。力士肌肉丰隆、孔武有力，有拔山举鼎之势。

第五窟藻井雕刻精美，有盛开的莲花、婀娜的飞天。地面刻有与藻井相应的图案花纹。千佛龛位于最东边，除中间刻一尊大佛外，后壁和两侧壁刻满整齐的小佛，共计 999 尊，加上中间坐佛恰为千尊。

新中国成立前石窟寺建筑遭破坏，佛像被盗窃。美国哈佛大学福格艺术馆的一尊菩萨像，就是从第五窟西壁佛龛北侧盗凿走的。

新中国成立后，政府非常重视石窟寺的保护维修工作，1982 年，石窟寺被列入全国重点文物保护单位。

# 嵩岳寺

嵩岳寺，位于嵩山峻极峰下，原是北魏宣武帝的离宫，孝明帝把它改成了寺院。

## 一

嵩岳寺初从离宫改为寺院时，名闲居寺，多称岳寺。因为它是一座以塔为中心的寺院，当地人也称大塔寺。作为一座千年古刹，它是与大法王寺、少林寺、会善寺齐名的嵩山四大名寺之一。

嵩岳寺景色殊胜，背依嵩山立隼峰，东灵台、西灵台双峰夹持，南面豁然开朗。你想，皇帝的离宫会选不美的地方吗？

北朝时，跋陀的弟子僧稠曾任嵩岳寺住持，北周武帝时，欲改寺为观，他坚守未易。隋仁寿元年（601 年）改闲居寺为嵩岳寺，仁寿二年建舍利宝塔。《广弘明集》记载：“嵩州于闲居寺起塔，人众从舍利者万余。有兔逆坂走来，历舆下而去，天时阴云，舍利将下，日便朗照，始入函，云复合。”

唐朝，重修嵩岳寺，朝廷特赐田碾等。唐高宗和武则天游幸嵩山时，曾以嵩岳寺为行宫。储光羲还向寺院送了金刚佛像，并在寺内建造了无量寿殿安置佛像。又增建了定光佛堂等建筑。唐中宗在嵩岳寺南古灵台为大通禅师神秀建了十三级浮屠，在八极殿旧址建了西方禅院。

宋、金两代都对寺院进行过重修，元代以后，嵩岳寺才开始衰落。清代虽有修缮，也仅保留了山门、大雄宝殿、伽蓝殿和白衣殿。

20 世纪 80 年代，河南省古代建筑保护研究所对嵩岳寺塔的天宫、地宫进行了清理，对塔身的裂缝进行了修补，清除了塔上的杂草等。90 年代，文物部门又对山门、院墙、殿宇进行了修缮，嵩岳寺才有了今日的风貌。

## 二

嵩岳寺塔建于北魏正光年间（520—525 年），是为纪念佛祖释迦牟尼而建，历 1500 年风雨剥蚀，屹立巍然。塔为密檐式，这是印度佛塔初传中土的式样。塔高约 37 米，塔体 15 层。最下一层内部仍为十二边形，二层以上为八角形，由四面券门可进塔心室，塔心室呈空筒状，可以向上直望塔顶。塔体全用青砖泥浆砌成，外敷灰皮，呈米黄色。层高逐层递减，檐宽逐层收敛，外部轮廓舒缓大方、端庄明丽。

嵩岳寺塔，上段呈抛物线形，下段采用火焰券形门洞和壶门狮子装饰，这是中国建筑艺术和西域建筑艺术交会的结果。高超的建筑技术，使嵩岳寺塔成为高层筒体结构的先驱。著名建筑学家刘敦桢在《河南省古建筑调查笔记》中说："后来的唐代方塔，如小雁塔、香积寺塔等，均脱胎于此。""自第二层以上，内室平面为八角形，足证八角形建筑物，不始于唐。此于建筑史上极为重要。"

嵩岳寺塔，在我国佛教造塔历史上占有特殊的地位。

随着佛教传入中国，东汉末年已有造塔记载，发展到南北朝时期，造塔之风盛行。敦煌石窟、云冈石窟、龙门石窟中，对塔的形象都有反映，但真正保留到今天的实物是嵩岳寺塔。

嵩岳寺塔在中国造塔历史上，有许多独有的纪录。它是我国最早的古塔，最早的砖塔，唯一平面为十二边形的古塔；是筒体结构塔的鼻祖，是密檐式砖塔的典例，是中外文化交流的结晶。

新中国成立后，中央政府让梁思成大师开列必须严加保护的文物清单，并用画圈多少表示重要程度。嵩岳寺塔，不但位列其中，而且用表示顶级重要程度的三个圈标示。如今嵩岳寺塔是全国重点文物保护单位。

有人把嵩岳寺塔和山西洪洞广胜寺飞虹塔、山西应县木塔、云南大理崇圣寺千寻塔并称为中国四大名塔。

# 会善寺

会善寺和少林寺、大法王寺、嵩岳寺并称嵩山四大名寺。位于登封城北 6 公里的嵩山积翠峰下，左有象鼻山，右有龙虎岭，寺周围峰奇、石怪、林密、泉甘，人称四绝。

## 一

《会善寺志》记载，会善寺创始于汉明帝时期，一般人们认为是建于北魏孝文帝时期。该寺原为孝文帝离宫，后为澄觉禅师精舍。隋开皇年间，取“众善会归之意”，赐名会善寺。

唐代对会善寺进行整修，并建琉璃戒坛。武则天在嵩山游幸时，亲到会善寺，礼拜道安禅师，封其为国师，称老安国师，赐寺名安国寺。当时会善寺是禅宗南北宗的纷争中心，出了很多有名的高僧大德，如道安、普寂、一行、净藏、元圭、景贤等。

五代时，高僧贞峻于琉璃坛纳法，会善寺曾改名封禅寺。后梁时寺院被毁。

宋代时，由僧人募化重修，渐复旧观，开宝五年（972 年），赐名“嵩山琉璃戒坛”“大会善寺”。

金代对寺院也有修葺，并赐名“祝圣护国万寿禅寺”。

元代忽必烈诏请高僧住持会善寺，并免除会善寺一切差役、赋税。

明清时期，会善寺屡有兴废，乾隆皇帝到嵩山时，过会善寺，曾赋诗题匾，有一联云：“一曲香泉应洗钵，千峰花雨不沾衣。”

会善寺坐北朝南，寺门外新修了停车场和照壁，镶有两块老石刻，一块是颜真卿的“天中山”，一块是宋湘的“天光云影”。山门上的“会善寺”匾额，显得守静内敛，诉说着此处的淡幽清寂。

会善寺现存的主要建筑是元代大雄宝殿，大殿的梁架、斗拱、屋顶、柱础等均体现元代建筑技术的重要特征。大殿面阔五间，进深三间，各间均施补间铺作一朵，如翼展飞，气韵活泼。元代对嵩山比较青睐，在嵩山建筑繁多，不过会善寺大雄宝殿却是硕果仅存。

## 二

会善寺名僧辈出，特别在唐代，名僧灿若繁星、各显华彩。如道安、普寂、净藏、元同和著名天文学家一行。

道安禅师，俗寿 128 岁，历经两朝八帝，是五祖弘忍的十大弟子之一，比他的师父弘忍还大 20 岁，弘忍赞他“嵩山老安，深有道行”。他喜欢会善寺的清幽静谧，云游至此到终老圆寂，长达 45 年。道安在世时，武则天多次驾临会善寺，待以师礼，钦重有加。唐中宗时，又把道安请到宫中供养。不久道安以春秋年高为由，辞归嵩山。道安主张不专崇某一经文，不专守某一门派，要在禅宗原创精神指导下，“纳众流以成海，总群好以立身”，他一生宠辱不惊，先让神秀，后推慧能，终成佛门高僧、人间寿星，人称“老安”。

普寂禅师在会善寺多年，他是大通神秀的弟子，很受神秀器重。当时朝廷上下、两京之间，皆尊北宗，慧能的南宗尚局限在岭南，影响甚微。北宗把神秀尊为禅宗六代，把普寂尊为禅宗七代。普寂继承神秀摄心一处、息虑万缘、对境不起的渐悟理论。他持戒清慎，天下知闻，众口共传，显示了一代禅学领袖的风范。

净藏禅师初随道安参禅，道安圆寂后，他又去慧能处参禅五年，然后回会善寺弘扬南宗顿悟禅法，开南宗北传先河，比神会还要在先。他住持会善寺 30 余年，72 岁时无疾示寂。其弟子感念师恩，勒铭建塔。如今会善寺西还有净藏禅师塔，塔平面呈等边八角形，须弥座，塔身为仿唐木构亭式建筑，塔室内平面也为八角形，穹隆顶。这是国内现存最早的八角塔。

会善寺西山坡上，原有唐代元同和一行和尚创建的琉璃戒坛，是唐代三大戒坛（另两处为长安灵感坛、太原甘露坛）之一。唐宋期间，会善寺戒坛有“受戒三所，洛阳推最”的盛誉，最多时每天能有 1000 多人在此受戒。

寺内尚保留唐碑一通，一面刻陆长源《会善寺戒坛记》，一面刻唐代宗《敕牒戒碑》，同时记载着会善寺的辉煌。一行法师出家在会善寺，师从普寂禅师，不但有很高的佛学造诣，还是伟大的数学家和天文学家，是世界上第一个科学测量子午线的人。根据天文观测，他与张说等人一起制订了当时世界上最先进的历法——《大衍历》。

会善寺，如今是全国重点文物保护单位，也是世界文化遗产。

# 初祖庵

初祖庵，又称面壁庵，位于嵩山五乳峰下，北宋宣和七年（1125 年）为纪念中国佛教禅宗初祖菩提达摩而建，涧谷幽深，风景殊胜。

## 一

初祖庵后五乳峰中峰有达摩洞，此为天然石洞。传说达摩祖师在此面壁九年，天长日久，等他离开石洞时，对面的石壁上，留下了他面壁的影像，衣纹依稀可见，像一幅年代久远的画像。人们称这块石头为达摩面壁石，寺僧担心石头被别人盗走，遂凿下移到初祖庵内供奉。

达摩是南天竺香至国的三王子，出家后苦研大乘经典，受师父般若多罗尊者的指点，到中土传法。他不辞艰险，远涉重洋，从广州登岸，受到刺史萧昂的热情接待。后又来到金陵，拜见梁武帝萧衍。梁武帝崇佛，在金陵建了好多寺院。武帝问达摩：我造寺写经，度僧无数，功德如何？达摩回答说：无功德可言，陛下积福而已。结果梁武帝不高兴，达摩也很失望。机缘不契，达摩一苇渡江，来到了嵩山少林寺，创立中国佛教禅宗。达摩在西天为大乘佛教二十八祖，在中国为禅宗初祖，所以少林寺为中国禅宗祖庭。

## 二

宋廷当时正大修陵寝，析偃师、登封、巩县各一部分设立永安县，少林寺亦属永安县。当时利用修陵的剩余工料创修了面壁兰若，后俗称初祖庵。

初祖庵大殿是落实《营造法式》的实物，是宋代木构建筑的重要遗存。大殿面阔三间，进深三间，计九间，又称九脊殿。看上去方方正正，体现了中国传统文化“方正为上”的理念，以示对达摩的尊崇。

1936 年 6 月，中国营造学社委派著名建筑学家刘敦桢对初祖庵大殿进行测量考察，他在日记中用了很多他一贯惜用的美词：“精美绚丽”“流畅秀丽”“手法极其灵活”“木结构所未见”“潇洒轻快的外形”等。他判定初祖庵大殿为北宋旧物。

初祖庵大殿建筑装饰偏向繁丽精致，大殿内外的石雕最能代表宋代风格。梁思成曾给予评述：“殿檐柱雕卷草式荷渠，内杂饰人物、飞禽之类；内柱浮雕神王，墙护脚雕云水鱼龙等；佛座下龟脚及束腰所饰卷草文，均极精美。”

初祖庵现被列为世界文化遗产。

# 崇福宫

崇福宫，位于河南登封市区北部，嵩山万岁峰下。建造于西汉元封元年（前 110 年），对于形成嵩山文化发挥了重要作用。

## 一

崇福宫原名万岁观，西汉元封元年，汉武帝刘彻和群臣礼拜嵩山，途中听到山谷中回响高呼万岁之声，武帝高兴，遂封此峰为万岁峰，山顶敕建万岁亭，山下敕建万岁观。从此就呼皇帝为“万岁”。

北魏时，天师道天师寇谦之曾在万岁观隐修。唐高宗时，以“天神贵者为太乙”，因在万岁观中建了太乙祠，遂改观名为太乙观。五代间被毁。宋真宗时，由参知政事丁谓主持重建，规模宏大，极尽豪奢，改观为宫，名崇福宫。

从此，崇福宫由朝廷直接管理，成为皇家供奉神仙、为己祈福的所在。当时宫内供奉的是神仙，管理者是朝廷派来的官员，称提举崇福宫或管勾崇福宫，虽是闲差，但俸禄照拿，所以充任的都是朝廷高官大儒，“望而忤时者，悉投闲于此”，并非寻常祠官。

## 二

北宋时被委派到崇福宫的百余名人中有范仲淹、韩维、司马光、李纲、程颢、程颐等。崇福宫离嵩阳书院很近，道教场所崇福宫一时变成了这些大儒的著书讲学之地。天高皇帝远，讲课时还可以多少发泄点儿不得志的情绪。

程颢、程颐在嵩阳书院聚徒讲学，创立了宋代理学重镇洛学，其影响一直到南宋，到元明，文脉不绝，流播天下。司马光的《资治通鉴》，有一多半是在崇福宫写就。

这些大儒们除讲学著书外，也不断雅集取乐。万岁峰下有一股山泉，名太乙泉。把太乙泉泉水导入崇福宫的流杯渠、泛觞亭，放上酒杯，曲水流觞的景象就呈现在了这些大儒面前，一时何乐可及。

种放是陈抟的门徒，宋真宗意欲重用，种放执意去嵩山讲学。“大中祥符八年岁旦，山斋晓起，服道衣，聚诸生列饮，取平生文稿章疏，悉焚之。酒数行而逝。”

南宋时，崇福宫虽被金兵焚毁，但南宋皇帝念惜崇福宫，仍继续任命杨时、朱熹、李邴、倪思等大儒为提举崇福宫或管勾崇福宫，尽管朱熹可能一生都没到过崇福宫，但这些人作为祠官，可以拿到一定的俸银。

既然崇福宫是著名的道教活动场所，除了和寇谦之有关系，还和道教名人刘道合、董道绅、丘处机、乔志高等有关系。元朝以后，崇福宫成了纯正的全真教道场。

# 楚河汉界

## 一

荥阳广武山上有汉霸二王城。公元前 203 年，刘邦袭取成皋（今河南荥阳汜水镇西北），并在广武山上鸿沟西岸修筑了城堡，这就是后来人们说的汉王城。项羽听说刘邦取了成皋，赶忙率兵西来，在鸿沟东岸修筑了城堡，与刘邦对垒鏖兵，这就是后来人们说的霸王城。

鸿沟当年是黄河南通江淮的大运河，也是难以逾越的天堑。刘邦当时粮草充足，采取隔河对垒、坚壁消耗的战略，和项羽打持久战。项羽西来仓皇，急于决战。项羽挑战刘邦，要与之一决雌雄，刘邦知道不是项羽对手，决定与他斗智不斗勇。

当时，刘邦的父亲和妻子都是项羽的俘虏，项羽用烹刘老太爷相威胁，没承想刘邦不吃这一套。并说，当初在怀王面前，我俩已结为兄弟，那老头是我爹也是你爹，你要真煮了，让我也喝勺汤，项羽没了脾气。最后项羽虽然把刘邦赶出了荥阳，但刘邦又占据虎牢一带，双方打起拉锯战，一时难分输赢。项羽无奈，只好与刘邦约定，鸿沟以西的地盘归刘邦，鸿沟以东的地盘归项羽。项羽早想衣锦还乡，遂带兵回江东。没料到刘邦没按约定领兵西去，而是跟着杀了过来。凡大小数百战，项羽最后败于垓下，虞姬死别，项羽亦自刎乌江，无颜见江东父老，生生消散了一曲衣锦还乡大梦。

## 二

硝烟散尽，马嘶远去。

如今的鸿沟仍在，空有两岸烟树，已无奔腾流水，更无走客运粮的行舟大舸。

如今的汉霸二王城已丧失当年气象，因为黄河的冲刷淘洗，两城的北部已倾圮坠河，淹没无踪。汉王城残存东西长约 530 米，南北长约 190 米，墙宽约 30 米，高约 6 米。大河并不偏向刘邦，霸王城残存面积略大于汉王城，东西长约 400 米，南北长约 340 米，墙宽约 28 米，高约 7 米。

如今黄河管理部门已经对汉霸二王城下的河道进行了治理调节，减少了河水对山体的冲刷。在霸王城头，还立有一匹仰天长啸的铁铸乌骓马，以供人们登山凭吊项羽。

## 三

汉霸二王城，历来为文人墨客所钟情。阮籍登上广武山，有时无英雄竖子成名之叹。可李白与他的看法不同，在《登广武古战场怀古》中写道：“沉湎呼竖子，狂言非至公。抚掌黄河曲，嗤嗤阮嗣宗。”

秦失其鹿，群雄争逐，鹿死谁手，要看谁笑到了最后。当初陈胜、吴广义旗先举，并未终竟其功。最后刘、项二虎相斗，二人应该都称得上世间英豪，一山不栖二虎，项羽做了鬼雄。唐代诗人许浑《鸿沟》诗是这样写的：“相持未定各为君，秦政山河此地分。力尽乌江千载后，古沟芳草起寒云。”

项羽虽然英勇盖世，但眼光到底短了些。一是和刘邦下对手棋那么多年，竟然弄不清刘邦的棋路；二是革命尚未成功，老想着回乡夸功，心也太急了点儿，结果是死在了江西，没能回到江东。

宋代吕蒙正的《鸿沟》诗也很受世人喜爱：“沟中流水已成尘，沟畔荒凉起暮云。大抵关河须一统，可能天地更平分。烟横绿野山空在，树倚高原日渐曛。方凭征鞍思往事，数声风笛马前闻。”

## 四

楚汉争霸，鸿沟为界，鸿沟就是中国象棋上的楚河汉界。所以，荥阳是中国象棋文化的发源地。

象棋中的楚河汉界，就是刘项对垒间的鸿沟。两边各有纵九横五的线条，虽有鸿沟隔断，但又相互联系，随着双方施谋行计，排兵布阵，而呈彼此消长之势。九条纵线的“九”代表至高，九天，九霄，没有再高于九的数了。五条横线代表方位，东西南北中，代表至大无外，老帅坐中军帐，以驭四方。九五构成天下，胜者为王，荣登九五；败者或亡或降，命若项羽。汉尚赤，楚尚黑，刘邦属进攻方，项羽属防守方，民间行棋讲红先黑后。

2013 年，中国民间文艺家协会授予荥阳“中国象棋文化之乡”称号。荥阳市先后举办了许多著名的中国象棋赛事，从 2016 年开始举办两年一届的“楚河汉界世界棋王赛”，比赛地点就设在黄河之南、鸿沟之畔的广武山上。亲临比赛现场，如闻剑戈相搏、战马奔腾、水怒尘飞、锋镝哨空之声，双方正酣战，尚未分输赢。

# 汉三阙

## 一

嵩山有汉三阙，包括太室阙、少室阙和启母阙。太室阙始建于东汉安帝元初五年（118 年），位于太室山黄盖峰下，是中岳庙前身太室祠的神道阙。少室阙始建于东汉安帝延光二年（123 年），位于少室山东麓，是少室山庙的神道阙。启母阙也建于安帝延光二年，位于太室山万岁峰下，是启母庙的神道阙。1961 年 3 月 4 日，汉三阙被国务院确定为第一批全国重点文物保护单位，分列古建筑类的第一、二、三号。2010 年 8 月 1 日，汉三阙被联合国世界遗产委员会列入世界文化遗产名录。

## 二

中国传统建筑多以土木构建，人们早期从事营造活动，只能依靠泥土、木料和其他天然材料，直到出现了砖瓦，才突破了天然材料的限制，但砖和瓦本质仍然是泥土，所以我们把建筑活动叫土木工程。石头作为建筑材料，在中国一直未被广泛应用，即使偶尔使用，也要模仿土木建筑的形制。以土木为材料的建筑物，比以石头为材料的建筑物抗灾能力要差许多。嵩山汉三阙，是以石料为主的建筑物，屹立 2000 年而不倒，是汉代地面建筑物少之又少的珍存。

《释名》载：“阙，缺也，在门两旁，中央阙然为道也。”“阙”是建在大门前的大门，因中间空缺，所以叫阙，汉代最为盛行。李白《忆秦娥》中有“西风残照，汉家陵阙”。古代的阙按用途分有多种，如城阙、宫阙、庙阙、墓阙等。

嵩山汉三阙，属于庙阙。太室阙对应中岳庙，少室阙对应少室山神庙，启母阙对应启母庙，都属于礼制性建筑。如果站在太室阙北望，先是中岳庙大门中华门，再是黄盖峰上的黄盖亭，形成一条长千余米的中轴线，依山就势，对称布局，汉三阙是标准的礼制性建筑模本。

传说，太室山得名大禹的第一个妻子涂山娇，少室山得名于大禹的第二个妻子，也就是涂山娇的妹妹涂山姚，启母当然指的是涂山娇。这样说起来，嵩山汉三阙，既承担着山岳崇拜祭祀的重任，又承担着祖先崇拜祭祀的重任。涂山娇和涂山姚姊妹俩嫁了同一个丈夫，死后变成了嵩山之神，后人同祀之。

## 三

嵩山汉三阙在建筑史上具有显著地位，在文化史上也有其不可忽视的意义。汉三阙各有铭文和画像，尽管有些铭文已剥落，有些画像已漫漶，但现今保留下来的铭文和画像，内容之丰富，仍不失为三本皇皇巨著。

从书法角度看，三阙上的铭文有很重要的审美价值和史料价值。太室阙的题额是篆书，题额下的铭文是隶书，笔画匀称，结体方正。太室阙还有一处铭文在西阙题额，但已剥蚀严重，字体篆隶参出，处于篆隶演化进程中。少室阙题额和铭文皆为篆书，笔画厚重，结体刚峻。启母阙铭文是三阙中保存最为完整的，亦为篆书，书风和少室阙书体相近。有专家考证，少室阙铭和启母阙铭皆为颍川主簿堂溪协所书。堂溪协是汉代著名书法家堂溪典之父，也是著名书法家。清末民初杰出金石文字学家杨守敬在《平碑记》中有对汉三阙书法的评论："汉隶之存于今者，多砖瓦之文，碑碣皆零星断石，惟《太室》《少室》《开母》三阙字数稍多，且雄劲古雅，自《琅邪台》漫漶不得其下笔之迹，应推此为篆书科律。世人以郑文宝《峄山碑》为从李斯出而奉为楷模，误矣。"康有为亦赞云："可谓稀世之鸿宝，篆书之上仪也。"

在启母阙的铭文中，歌颂了大禹治水的丰功伟绩和三过家门而不入的廓然大公精神。

汉三阙的画像，内容极其丰富：有反映社会生活的，比如车骑出行、骑马出行、拜谒、宴饮、乐舞、狩猎、捕鱼、犬逐兔、虎逐鹿、鸟啄鱼等；有反映神话和历史的，比如日御羲和、玉兔捣药、夏禹化熊、启母化石、玄鸟生商、郭巨埋儿等；有反映民俗信仰的，比如辟邪柏、铺首衔环、四灵图、羽人图、交龙图、比目鱼、比翼鸟、虎食鬼、羊首图、双凤图等；有反映民间娱乐的，比如杂技、马戏、兽斗、倒立、斗鸡等；有反映体育活动的，比如驯象、角抵、舞剑、搏击、蹴鞠等，这蹴鞠就是现在的足球；有反映建筑的，比如楼阁图、双亭图、四阿顶等；还有反映中外交流的，比如幻术、骆驼、貘、果下马等。

汉三阙的画像，属于汉代画像石的范畴，河南是汉画像石出土最多的地区，嵩山汉三阙画像是先人留给我们的艺术瑰宝。

# 具茨山

具茨山，又叫大隗山，是黄帝的活动中心地带。因为黄帝在此修德振兵、统一华夏，所以老百姓干脆把具茨山叫成始祖山。始祖者，黄帝也。

## 一

具茨山位于新郑、禹州、新密三市交界处，属于伏牛山余脉。《庄子》载：“黄帝将见大隗乎具茨之山。”据说大隗是一个知识渊博的民间奇人，黄帝登门向他请教治国安邦之策。郦道元《水经注》记载：“黄帝登具茨之山，升于洪堤上，受《神芝图》于华盖童子，即是山也。”

《庄子》中还有一段记载：“黄帝立为天子十九年，令行天下，闻广成子在于空同之山，故往见之。”据说，广成子是黄帝时期人，是道教“十二金仙”之首，他活了 1200 岁后升天去了，当时他就在崆峒山修炼，黄帝为治国修身，也去登门请益。具茨山上现今就有个崆峒山，还有个逍遥观，相传那是黄帝的修炼之处。

具茨山的主峰是风后岭，风后可是黄帝的重臣。据说黄帝做了个梦，梦见一场大风把大地上的尘垢刮得干干净净，留下一派清亮世界。黄帝醒来想，风为号令，垢去土余后，天下岂有姓风名后者哉？最后在海隅（今山西运城解州镇社东村）寻访到了风后，随即拜其为相，这可是天下第一相。风后精研阵法，后成八阵兵法图，帮黄帝打败了蚩尤，统一了华夏。风后功盖天下，黄帝就把具茨山主峰名为风后岭。如今山顶还有石砌的风后寨。

“山不在高，有仙则名。”具茨山到处都留有黄帝活动的遗迹。

站在东南侧，看始祖山主峰，可以看出天然的炎黄二帝头像。东峰上有黄帝迎日推策台、大臣盟誓台、黄帝嫘祖拜天地的鸳鸯台、黄帝女儿梳妆台，主峰上还有建于汉代的始祖庙。另外还有华盖童子祠、屯兵洞、黑龙潭、白龙潭等。

## 二

在具茨山南坡，分布有大量的巨石文化遗址，体量巨大，令人兴叹。这让人想起位于英格兰索尔兹伯里平原上的巨石阵。英格兰的巨石阵占地 11 公顷，每块石头重约 50 吨，经考古专家研究，建于 4300 年前，用途是观测天象。还有一处巨石阵是在智利的复活节岛上，这个岛上耸立有 600 多尊巨人石像，一般高 7~10 米，重达 30~90 吨，其用途迄今尚无确切答案。

始祖山上的巨石，每块重达上百吨，安放在几块小石块上，建造难度不低于西方的巨石建筑。据具茨山岩画的发现者刘俊杰先生说，在数百平方公里的具茨山上，有上千处巨石文化遗存。这些巨石的形状有堆石，也有的摆放成圆形大石圈。学界尚不清楚这些形状表达着先民的什么意思。

具茨山还发现有大量的岩画，有圆穴形，有方穴形，有沟槽形，有棋盘形，也有人形等。圆穴形应该是象征女阴，和生殖崇拜有关。但我发现有单穴、双穴、四穴、双排十二穴、多组双排穴、梅花穴等，这些都和数字有某种神秘的联系，只是我们还没找到其中的规律。这使我想到伏羲画卦，伏羲老祖一画开天，不就是把一变成了二，生出了阴阳，又生出了四象，又生出了八卦吗？

有学者说，这是黄帝时代的文化遗存。黄帝命仓颉造字，仓颉再聪明，他也是在总结前人成就的基础上，通过自己的观察思考，远取诸物，近取诸身，完成黄帝交给的造字任务的。说不定，这些岩画就是古老的原始文字。

具茨山岩画那么丰富多彩，肯定也不是一蹴而就的，具茨山周围分布着那么多旧石器时代遗址和新石器时代遗址，那这些岩画属于什么年代呢？真是一部神秘的天书。刻写岩画的人们和生活在具茨山周围的人们又是什么关系？我怀疑他们有一部分人是在山下生活，上山祭祀，山上山下组成了一个完整的世界。

# 打虎亭汉墓

新密打虎亭汉墓，属于东汉大墓，距今有 1800 多年历史，郦道元《水经注》中就有明确记载。墓中 300 多平方米石刻图像和 200 多平方米彩色壁画，构成了一座汉代艺术宫殿。画像内容涉及人们生活的衣食住行等各个方面，是一幅丰富多彩的东汉风情画卷。这里只介绍以下三幅壁画。

## 一

先说《相扑图》。

在《相扑图》中，绘有两名大汉，肚腹和大腿比一般人都要肥大、粗壮。头扎冲天独辫，腰系红色肚兜，袒胸露腹，疏须红唇，虎视对方，弓步欲搏。后人释为汉代的相扑。

从装束上看，画中人物和今天日本相扑运动员有很多相似或者相同之处。如衣服、体型和那冲天小辫，且场上只有二人对峙，只能是一种体育活动。东汉贵族的生活中，应该有一些体育活动，我认为释为相扑是有道理的，也不是强调日本的相扑运动来自中国。中国古代文化中，在日本保留下来反而在中国已不存在的东西，也不算少数。

## 二

再说《豆腐作坊图》。

图中从左至右，先是有人有缸，接着有人有磨，接着有一人在操勺，有两人执布过滤，还有一人指挥操作，再接着有一小缸，有人执棍在缸中搅动，最后是方形带脚的箱子，箱子有盖板，盖板由横杠挂重物压制，箱下有水流入罐内。这种工序，只能是制作豆腐，包括浸豆、磨豆、滤渣、压制等。有人认为是做酒，但这与做酒工序根本不符。

相传豆腐是淮南王刘安发明的，中国是大豆原产国，大豆是中国人的主粮，把大豆加工成豆腐，极大地丰富了中国人的食物品种。发明豆腐的功劳，我认为不亚于发明酿酒，酒对于人们来说不是必需品，但人们生活中离不开青菜豆腐，何况以豆腐为原料，还可以进一步加工出许多样菜肴来。

从西汉刘安发明豆腐来看，制作工艺的图式出现在东汉大墓中很正常，反过来这更增加了豆腐的发明者是刘安的可信度。

## 三

最后说《宴饮百戏图》。

《宴饮百戏图》是打虎亭汉墓中面积最大的一幅壁画，内容丰富，色彩斑斓。图中描绘的是汉代贵族宴待宾客的宏大热烈场景。从画面看，可以分为宾主座席和歌舞场地两个部分，尽管人物众多、舞乐繁盛，但画面显得主宾有序、层次分明，每个细节都刻画得活灵活现。

此幅壁画线条流畅，着色富丽，显示出绘画者高超的画技，有着宝贵的历史价值和艺术价值，表现了汉代贵族的奢华生活，同时也展示了汉代文化的雄浑风采。

打虎亭汉墓，现在是全国重点文物保护单位。

# 宋陵烟雨

## 一

在我国历史上，北宋王朝是一个封建制度发展到了极致的朝代。在军事上，宋太祖吸取了五代十国军人干政的教训，“杯酒释兵权”，使军队完全掌握在了朝廷手中；在科举考试上，以殿试方式对考生直接考核，选拔了大批优秀人才；在经济上，宋代工农业产值占世界的三分之一，开封是当时全球最大的城市，人口超过百万；在文化上，不但知识分子，也就是士阶层，有了空前的自由，而且宋词作为一代文化标志，闪耀着璀璨的光芒，唐宋八大家，宋朝就占了六位。北宋的灭亡也是惨烈的，徽、钦二帝被掳，赵构南逃，衣冠南渡，生灵涂炭。活着的皇帝，被掳的掳了，跑的跑了；但死了的皇帝、皇后嫔妃、公主王孙却走不动、逃不掉，躺在巩义那片土地上，只能忍受金人的蹂躏、盗贼的穿窬。

## 二

宋太祖赵匡胤在陈桥兵变黄袍加身后，一直想把首都从开封迁到洛阳。他认为开封虽然繁华，但无险可守，不像洛阳有山河之固，且他出生在洛阳夹马营（今河南洛阳瀍河区东关），洛阳是他从小混熟了的地方。可是大臣们不愿迁都，弟弟赵光义也就是后来的宋太宗，也反对迁都。大家都能说出一堆不迁都的道理，赵匡胤面对群臣发出慨叹：“然不出百年，天下民力殚矣！”

宋陵之所以选在洛阳和开封之间的巩义，一是这里符合宋代的堪舆学理论，二是为有朝一日迁都洛阳做铺垫。太宗和群臣虽然反对迁都，但也承认赵匡胤的政治眼光远大，认可他迁都的道理，说是将来有必要时再迁，先将洛阳定成陪都西京。可是宋太祖不久就抱着这个未了心愿归天了，埋在了他到永安陵祭祀父亲赵弘殷时亲手搭弓射箭选定的墓地，也就是后来的永昌陵。

北宋共有 9 个皇帝，徽、钦二帝被掳去北国，死在那里，别说建陵，连个确切的葬身之地也找不到。其余 7 个皇帝和赵弘殷都葬在巩义，这就是所谓的七帝八陵。据记载，七帝八陵中陪葬的有 22 位皇后，还有近千位王公勋臣。整个陵区 100 多平方公里，这样集中的皇家陵地，是中国历史上少有的。想那北宋鼎盛时期，每座陵墓都有专门种植草木的“柏子户”，陵墓古柏森森，水流潺潺，雾霭烟岚，映带远山。供皇家祭祀的各种设施，一应俱全，附近寺观传出晨钟暮鼓，巡陵军兵马嘶刀寒，固一世之雄哉。

一个封建王朝，怎么也回避不了它的兴衰规律，有发生发展，就有衰落衰亡。当金兵攻占开封后，宋陵也就迎来了它的劫数。小墓揭顶，大陵凿洞，哄抢一空，有的连尸骨都暴露荒野，狼藉满地。以后几百年，对宋陵的盗掘从未停止过。

## 三

新中国成立后，加强了对宋陵的修复和保护，并成立了专门机构。1963 年，宋陵被列入省级文物保护单位。1982 年，宋陵被列入全国重点文物保护单位。如今，宋陵已成为一处供人们凭吊观览、遐思宋代的胜地。

现在游览宋陵，主要看陵墓前的石像生，这些石雕，就像一座露天石刻博物馆，是一座展示宋代艺术的宝库。按宋代的规制，每个帝陵的石雕多达 60 件，后陵 30 件，亲王公主、勋臣名将所用石雕多少不等，总算应有数千件之多，现今保存的还有 1000 件左右。

宋陵石雕艺术，是宋代那些无名艺人在前人的基础上，通过自己的创造实践，形成了宋代独有的石雕艺术风格。

宋陵石雕的突出特点是写实。雕刻的人物形态各异：宫人面目清秀，姿态瘦削，女性特征明显；将军体魄高大，刚毅威猛；内侍体态微胖，恭谨侍立，作随时听取吩咐状。雕刻的瑞禽灵兽，或张牙舞爪，或振翅欲飞，给人以驭风云、游太空的遐思飘绪。另外还雕有各种花草、纹饰，都显示了皇家的雍容气度。

宋陵早期石雕，如永安、永昌、永熙、永定四陵，还带有晚唐遗风，形象厚重。到中期，比如永昭、永厚二陵，人物由粗壮变修长，无论文臣还是武将，都显得文静儒雅。到后期永裕、永泰二陵，人物更加修长文气，威武散尽。和北宋的国运一样，江河日下，孱弱毕现。

宋陵，南有嵩山，北有黄河，山环水绕，风景殊佳。东京清明游上河，西京四月看牡丹，别忘了，持一册宋词，去巩义凭吊一下七帝八陵，毕竟躺在那里的人们，和北宋的繁华风流有着千丝万缕的联系。

# 后周皇陵

后周皇陵，位于新郑郭店陵上村，是中原唯一保存下来的五代时期皇家陵墓群，包括嵩陵、庆陵、顺陵和懿陵。

嵩陵是太祖郭威的墓，在郭店周庄村；庆陵是世宗柴荣的墓，在郭店陵上村，有御制祭文碑 28 通；顺陵是恭帝柴宗训的墓，墓室和墓道还保存有壁画；懿陵是世宗皇后符氏墓，位于庆陵东侧。后周皇陵虽然形制不大，但陵园和祭碑有较高的历史文化价值，是全国重点文物保护单位。

太祖郭威是邢州尧山（今河北隆尧西南）人，出身寒微，但勇力过人。他协助刘知远建立了后汉，累官至邺都留守、天雄军节度使。950 年，后汉隐帝刘承祐忌惮郭威功高盖主，派人刺杀他。郭威发动兵变，推翻了后汉。郭威于 951 年代后汉称帝，建都汴（今河南开封），国号大周，史称后周。

郭威性节俭，忌豪奢，虚心纳谏，改革弊政。他通过整顿吏治、减轻赋役、招抚流民、治理水患等措施，很快使经济得到恢复发展。954 年郭威驾崩，郭威两个儿子当年已被刘承祐杀害，身后无子，郭威只好传位给养子，也是柴皇后的亲侄子柴荣。郭威临终要柴荣给他纸衣瓦棺的薄葬，反对厚葬，这也是后周皇陵能够保存下来的重要原因。

世宗柴荣，也是一个在政治、军事、经济上都有建树的皇帝，号称英主。史书上说他生性谨厚，从谏如流，在位时也采取了一系列改革措施，为统一全国奠定了坚实基础。可惜的是他只在位5年多，没来得及扫平天下，39岁就病逝了。他传位给年仅7岁的儿子柴宗训，即恭帝。柴宗训本来还有三个哥哥，但都和郭威的儿子一起被刘承祐杀害。弱幼临国，造成了赵匡胤陈桥兵变，黄袍加身。宋朝建立后，对旧主柴家还比较优待。有宋一代，柴家都受着特殊关照。

# 虎牢关

虎牢关，位于河南省荥阳市汜水镇。史载周穆王在圃田打猎，芦苇丛中忽然窜出一只猛虎，七萃之士高奔戎生擒以献。穆王命之为柙，畜之东虢，是为虎牢。秦置关，汉置县。

## 一

虎牢关，是洛阳东边的重要关隘门户，地势险要。此关南连嵩岳，北濒黄河，群山嵯峨，易守难攻，历来为兵家必争之地。

秦代置虎牢关，历史上关名屡有变化。东汉时，因地处成皋县更名成皋关，魏晋时更名黄马关，隋时更名金堤关。唐代避高祖李渊祖父讳，改虎为武，名武牢关。北宋真宗改名行庆关，明洪武四年（1371 年）名古崤关，明末又改回虎牢关。因地处汜水之西，有时称汜水关。

虎牢关为多战之地，是著名的古战场。人世沧桑，故垒古今，关址不止一处，关名屡有更废，但大体不出汜水镇一带。

## 二

刘邦和项羽对峙鸿沟，终于在虎牢关打了著名的成皋之战，所谓“大战七十，小战四十”。

刘邦和项羽在鸿沟对峙时，刘邦处于劣势，因粮道被项羽切断，不得已让纪信扮成自己诈降，他从荥阳城逃出，渡河北上修武，夺得韩信兵，又渡河回来拿下成皋。从此，刘邦就以成皋为根据地，直至扭转局面，反弱为强，追杀项羽于垓下，取得全面胜利。

可以说，没有成皋之战的胜利，就没有后来的汉朝，历史就要改写。

## 三

另一场著名战争，史称武牢之战。

620 年，李世民率兵攻打在洛阳称帝的王世充，王世充见形势危急，向河北夏王窦建德求救。窦建德在曹州打败孟海公以后，向西水陆并进，援救王世充。夏军实有军队十八万，号称三十万，连克管城、荥阳等地，进兵到牛口（今河南荥阳牛口峪）。李世民带三千五百人，迅速抢占武牢关，切断窦建德与王世充的联系，据险而守，闭门不战，又派一支军队截断夏军粮草供应。窦建德急于与唐军决战，经不起李世民的拖宕消耗。夏军兵疲将懈，李世民率精兵从武牢关杀出，夏军猝不及防，大败，窦建德被擒。

武牢之战，为唐王朝的建立赢下了关键一仗，否则可能就没有后来的唐朝，历史恐怕也要改写。

## 四

发生在虎牢关的大战，被人们熟悉的并不是以上两次大战，而是《三国演义》中的三英战吕布，或是《说岳传》中的岳飞大破金兵。这两次大战，或许历史上都曾真正发生过，特别是岳飞大破金兀术，人们印象之所以深刻，那是借助小说的生动描摹和故事情节，不识字的老百姓也能口耳相传，娓娓道来。

宋司马光有盛赞虎牢关天险的《虎牢关》诗：“天险限西东，难知造化功。路邀三晋会，势压两河雄。余雪沾枯草，惊飙卷断蓬。徒观争战处，今古索然空。”

如今荥阳汜水镇尚有虎牢关遗迹，这应是明清时期所筑之关址。附近有祀刘、关、张的三义庙，还有吕布城、跑马岭、饮马沟、绊马索、张飞寨、华雄岭、王莽洞等景点，供人凭吊游览。

# 官渡之战

官渡之战，是发生在三国时期的三大战役之一，是曹操集团和袁绍集团的战略决战，战争以曹胜袁败而告终。此战为曹操统一中国北方提供了条件，也可以说为三国鼎立奠定了基础。

## 一

东汉末年，黄巾起义虽遭到了镇压，但东汉政权也到了日薄西山气息奄奄的地步。各地州郡大吏，在镇压农民起义过程中，形成了大大小小的军事割据势力，经过互相火拼兼并，中国北方主要还有曹操、袁绍两大集团。

袁绍出身世家，兵多将广，占据幽、冀、青、并各州，尽有河北之地，意欲南向，与曹操一争天下。曹操虽然在建安元年（196年）迎汉献帝，迁都许县，挟天子以令诸侯，占有政治优势，但处于四战之地，兵少将寡，与袁绍集团相比，劣势明显。

从双方的领袖人物来看，一些有识之士看好曹操，并不看好袁绍。曹操虽然出身卑微，但处事果决，用人有长。袁绍的特点却正好相反，处事刚愎，好谋少决，外宽内忌。

## 二

建安四年（199 年），袁绍选精兵十万，战马万匹，欲南下许都，从此官渡之战拉开了序幕。

面对来势汹汹的袁军，曹操阵营中多有惧敌者，但曹操和袁绍已打交道多年，对袁绍是比较知底的，做了周密部署以后，曹操决定亲率两万精兵，到官渡拒敌。这时发生了一件大事，刘备在徐州起兵反曹，并打算与袁绍合击曹操。曹操为了扭转两边作战的被动局面，先东去与刘备作战。袁绍谋士田丰建议袁绍趁曹操东击刘备、许都空虚之机，率军袭其后。袁绍以幼子有病为辞，拒绝了田丰的建议，使曹操打败刘备后，得以从容回军官渡。

曹、袁两军对峙一年有余，开始曹军用计杀了河北名将颜良、文丑，挫了袁军锐气。但毕竟曹军实力较弱，后来交手一度失利。

曹军在相持中，兵少粮缺，将士疲乏，后方也不稳固，连曹操也有些失去了坚守的信心。关键时刻谋士荀彧写信给曹操，他认为在这种情况下，正是寻找战机、克敌制胜的时候，必须坚守；如果退却，肯定失败。曹操采纳荀彧的建议，继续坚守以待战机。

## 三

这时候，曹操充分认识到粮食对双方军队的重要性，一方面派重兵保护自己的粮道，另一方面派兵切断袁军的粮食供应。袁绍当然也明白粮食的重要性，派大将淳于琼率万人运粮，把运来的粮食大部分屯在了乌巢（今河南延津东南），以便大军渡河南下。

袁绍的谋士许攸，因其家人犯法被袁绍收捕，自己投奔了曹操，并建议曹兵偷袭乌巢，烧其辎重。曹操立即采纳其计。曹操留曹洪、荀攸守营，亲率步骑五千，冒用袁军旗号，让士兵各带柴草一束，夜袭乌巢，烧其粮草。袁绍闻讯，一方面派轻骑支援淳于琼，一方面派张郃、高览急攻曹营。曹军早有准备，一时怎能攻下？曹操这边励志死战，大破袁军，并斩杀淳于琼等，袁军粮草全数烧毁。张郃、高览得知乌巢失守，料大势已去，干脆投降了曹操。袁军一时军心浮动，全军溃败，袁绍带八百骑兵仓皇逃回河北，曹军一举歼灭袁绍八万军队。

官渡之战，曹操取得了全面胜利，这也成了我国历史上以少胜多、以弱胜强的典型战例。建安七年（202 年），袁绍因战败抑郁而死，至此曹操彻底击败了袁绍集团。建安十二年（207 年），曹操又北征乌桓，终于实现了中国北方的统一。

官渡古战场，在今郑州市中牟县东北。

# 风后八阵兵法图

我国古代军事典籍浩如烟海，但最早的要推《风后八阵兵法图》。相传黄帝时代，蚩尤作乱，侵掠中原。黄帝与之九战九败，只得退守云岩宫（今河南新密刘寨镇云岩宫），访贤任能，讲武修兵。风后就是黄帝访得的贤人之一。

据说黄帝做了一场梦，梦见一场大风把地上的尘垢刮得干干净净，剩下一个清白世界，黄帝梦醒后，自忖：风为号令，执政者也。垢去土，后在也。天下真有一个叫风后的人吗？他到处查访，果然在海隅（今山西运城解州镇社东村）找到了风后，当即任命风后为相。于是风后也就成了黄帝第一任宰相，后人称之“开辟首相”。

风后明于天道，精通《易》理，著有《握奇经》一卷。拜相后，风后与黄帝一起精研战法，创出八阵图。八阵兵法图最早见于《握奇经》。《风后八阵兵法图》共分九幅，一幅为八阵兵法图，其余八幅为八阵：天覆阵、地载阵、风扬阵、云垂阵、龙飞阵、虎翼阵、鸟翔阵、蛇蟠阵。图末附有文字注说，介绍攻防要诀。唐朝军事家、常州刺史独孤及详细研究记载了黄帝和风后研创的《风后八阵兵法图》，特意刻成《风后八阵兵法图记》石碑，立于新密黄帝宫前。

风后不仅和黄帝一起创制了《风后八阵兵法图》，还发明了指南车，最终打败蚩尤，底定了天下。史料记载，《风后八阵兵法图记》碑立于唐代宗大历二年（767年）。宋仁宗庆历三年（1043年），枢密使曾公亮曾到黄帝宫考察，并把碑文录入北宋军事巨著《武经总要》。金兵南侵时，当地百姓把碑埋了起来，被金兀术领兵挖出，抄录后砸毁。元朝至元二十七年（1290年），又在原地重新刻立。“文革”时，石碑遗失；2004年，文物工作者在黄帝宫西侧的土台上挖土时，无意中发现了遗失的石碑。此碑算得上黄帝宫的镇宫之宝。

“功盖三分国，名成八阵图。江流石不转，遗恨失吞吴。”杜甫把八阵兵法归功于诸葛亮，则无史实证明。风后是伏羲后人，精通易经八卦，根据卦理发明八阵兵法，从常理上是说得通的。

# 春秋初霸

周朝实行分封制，公元前 806 年，周宣王姬静封自己的异母弟姬友于京兆郑县（今陕西渭南华州区一带），国号郑，是为郑桓公。郑国可能是西周所封的最晚的诸侯国了。

## 一

公元前 782 年，周宣王驾崩，其子宫涅继位，就是有名的周幽王。幽王任命姬友为司徒，这可是重要的官职，掌管全国的土地和户籍。姬友不但把郑国治理得很好，司徒的活儿干得也不赖，很有威望。可周幽王却是个昏君，远君子任佞臣，宠爱妃子褒姒。为了讨褒姒一笑，不惜点燃用于战争时传递重要信息的烽火，戏弄诸侯，拿国家大事当儿戏。

郑桓公姬友多次向周幽王劝谏，幽王不听，桓公感到无力挽回局面，国家有灭亡的危险，到时候自己和家人也难逃灾厄，于是就向太史伯求教脱身之计。太史伯是宫廷史官，很了解历史和天下大势，很有见识。开始郑桓公说了两个想法：一个是迁到江汉平原，那里当时还是边鄙之地；一个是迁到南阳盆地。

太史伯都予以否定，他建议郑桓公迁到虢、郐之间。虢就是荥阳一带的东虢，也是王室分封的诸侯国之一；郐国在现在新密一带。太史伯认为，周朝必亡，王室一旦有危险只能东迁洛邑一带，虢、郐两国国君私心很重，贪婪成性，当朝廷出现危机时他们不可能出兵勤王。可虢、郐两国是洛邑东方的门户，如果郑人能在那里立足，为朝廷把守东大门，必定大有作为。郑桓公觉得太史伯说得很有道理，立即采纳了这个建议。

公元前 779 年，郑桓公和晋文公借故共同征伐郐国，郐国战败，让出郑父之丘（今河南新密曲梁镇交流寨一带）给郑国，至此，郑国在嵩山以东有了立足之地，初步实现了“寄帑于虢、郐之间”的目标。

郑人的到来，并没有让郐国国君从逸乐中醒来，郐国上下依然游宴无度。郑桓公利用反间计，一举占领了郐国。郐国国君是祝融的后裔，是周天子所封，郑桓公仍保留了郐君，使郐国名存实亡。

## 二

周幽王因为宠爱褒姒，废太子姬宜臼，立褒姒的儿子伯服为太子。公元前 771 年，姬宜臼的外公申侯勾结犬戎攻下镐京。郑桓公拼死保护幽王撤退，以身殉国，幽王也被杀。桓公的儿子掘突袭位，是为郑武公。

郑武公联合秦伯、卫侯、晋侯，打败了犬戎，击杀了申侯，拥立姬宜臼继位，是为周平王。又协助平王东迁洛邑，史称东周，从此进入了春秋时代。

公元前 770 年，郑国也随平王东迁到溱洧之间，也就是郐国地盘。公元前 769 年，郑武公索性废掉了有名无实的郐君，为了区别陕西咸林（位于今陕西渭南华州区）的郑国，史称“新郑”。

公元前 767 年，也就是周平王东迁后三年，平王发兵东征，郑武公用兵伐虢，虢公战死，东虢被占领。郑国有了虢、郐两国土地后，在中原站稳了脚跟。

周平王为了感谢郑武公的拥戴之功，把自己的表妹，也就是武姜，嫁给了武公。武姜为武公生了两个儿子：一个是长子寤生，因为难产，很不讨武姜喜欢；一个是次子共叔段。武姜一直想立共叔段为世子，武公不同意，最后还是立了长子寤生。公元前 744 年，郑武公去世，寤生继位，是为郑庄公。在武姜的请求下，郑庄公把共叔段封在了京地，也就是后来的京城、京襄城（今河南荥阳东南 10 公里京襄城村）。武姜暗中支持共叔段夺取国君之位，后郑庄公平定了共叔段的叛乱。这就是历史上有名的“郑伯克段于鄢”的故事。

庄公对母亲支持弟弟篡位的行为很是恼怒，平定叛乱后，把武姜软禁在城颍（今河南许昌襄城东北），发誓不到黄泉再不相见。后来庄公后悔自己发的重誓，想见母亲又怕违背誓言。大臣颍考叔出了个两全其美的主意，挖了一个能见着地下泉水的地道，母子俩在地道相见，见面以后母子和好如初。这个“黄泉见母”的地方，就在现今新密平陌镇杨台村。

## 三

周平王晚年，卫武公去世后，郑庄公成了朝廷唯一的卿士，周平王觉得郑庄公权力太大了，就想让西虢公到朝廷分郑庄公之权，郑庄公很恼火，就去质问周平王，周平王又不想承认，后来双方以交换人质了结。这就是历史上的“周郑交质”事件。公元前720年，周平王驾崩，太子泄早逝，由泄的儿子姬林继位，是为周桓王。

周桓王继位后，罢了郑庄公的卿士，任命西虢公为卿士，并把政事全部委托给西虢公。郑庄公想起祖上为朝廷立过的功劳，现在却被罢官，实在咽不下这口气，就想法报复周桓王。夏季派人抢收了周朝的麦子，秋季又派人抢收了周朝的谷子。周桓工知道自己的军队根本打不过郑国，只好忍气吞声。过了些时间，郑庄公看周桓王并没有责备他，心里倒有些不安，因为周天子毕竟名义上是天下共主，于是就到洛邑向桓王请罪。桓王慑于郑国的国力，不但没责备郑庄公，反而又送些粮食和绸缎给郑国备荒。郑庄公以此事大肆宣扬周天子对他的信任，后又假天子令，联合齐、鲁打败了宋国，郑国周围的诸侯国也纷纷归顺郑国。这一来激怒了桓王，桓王联合蔡、卫、陈等国，组成三军攻打郑国，结果桓王大败，还被郑国将军祝聃一箭射中了肩膀，只能落荒而逃。当天晚上，郑庄公派将军祭足带大批牛羊粮草去周营里慰问桓王，并向桓王请罪。这一来郑国不但在军事上取得了胜利，还站上了道义的高地，从此，周天子也就从实际上失去了天下共主的地位，郑庄公俨然成了春秋初期的霸主，即所谓的“春秋初霸”。

公元前 701 年，郑庄公去世，庄公以后，郑国内乱不断，逐渐式微。

# 荥阳郑氏

荥阳郑氏，是以国为姓，得姓始祖是郑桓公姬友。姬友是周宣王姬静的异母兄弟，宣王封他到京兆郑县（今陕西渭南华州区一带）立国，姬友是开国之君。郑桓公还是郑国东迁避祸、“寄帑于虢、郐之间”的谋划者和践行者。

郑国第二代国君郑武公，继承桓公遗志，灭掉了郐、虢，完成迁国大业，在中原立足并站稳了脚跟。

郑国第三代国君郑庄公，平定了内乱，树立了国威，当上了“春秋初霸”。

公元前 423 年，第二十二位国君郑幽公被韩武子所杀，郑繻公姬骀继位，把都城迁到共叔段时建的京（今河南荥阳东南 10 公里京襄城村）。郑国最后一个国君康公姬乙继繻公位。公元前 375 年，韩哀侯灭郑。郑国灭亡以后，郑人散居各地，为纪念故国，遂以国为姓。

郑氏二十七世祖郑奇，汉代任河南郡太守，因仰慕祖德，举家迁回荥阳。从此郑氏以荥阳为郡望，成为中原望族。郑奇后人不但在汉代历朝为官，魏晋南北朝时郑氏更成为门阀世家，长盛不衰，出现了大书法家郑道昭，书法家、音乐家郑述祖等。特别到了唐代，郑氏更有“郑半朝”之称，从唐高宗到唐僖宗 200 多年间，出了十三位状元（郑益、郑全济、郑巨源、郑谡、郑冠、郑确、郑颢、郑言、郑洪业、郑昌图、郑合敬、郑蔼、郑贻矩），八位驸马（郑敬言、郑孝义、郑万钧、郑潜曜、郑颢、郑巽、郑沛、郑河），二十个进士，三十二个朝官。还出了诗、书、画三绝的郑虔。真个是去时占半朝，回家笏满床。

荥阳郑氏四海播迁，于是有了“天下郑氏出荥阳”“荥阳郑氏遍天下”之谓。郑氏后人，历朝历代出过多少名人才俊，不胜枚举。

荥阳广武原是郑氏祖茔地，近年来不断出土唐代和唐代以前的郑氏墓志，许多墓志中都写有长眠荥阳、归葬先人墓次的夙愿。

在广武原武公岭下，建有世界郑氏文博院，即郑庙。郑庙为四进院落，主体建筑为宝塔，还有大宗门、三公碑、诗文碑廊、始祖殿等。为了方便郑氏宗亲归乡拜祖，荥阳市每年举办郑氏文化节，供海内外郑氏后裔到荥阳老家缅怀先人功业，重履家乡故土寻根。

# 郑州文庙

老点儿的城市都有文庙，没有文庙的城市，能算城市吗？郑州文庙值得一说的有两点，一是历史久远，二是生命力强。

## 一

中国有四大文庙，分别是南京夫子庙、北京孔庙、曲阜孔庙和吉林文庙。

南京夫子庙，以历史悠久、古迹众多、文化深厚、商业繁荣著称。始建于东晋成帝咸康三年（337 年），四毁五建，目前是国家 AAAAA 级开放式旅游景区。

北京孔庙，三进院落，规模宏大，今为首都博物馆，是全国重点文物保护单位。始建于元大德六年（1302 年），明永乐年间重建，后经多次修缮。

曲阜孔庙，始建于周敬王四十二年（前 478 年），改孔子故居为庙，岁时奉祀。因西汉以后历代帝王对孔子不断加封，孔庙规模也不断扩大。目前为全国重点文物保护单位、世界文化遗产。

吉林文庙位于吉林市，是清朝在东北建立较早的一座孔庙，宣统元年（1909 年）落成，论规模仅次于曲阜文庙。

郑州文庙始建于东汉明帝永平年间（58—75 年），和中国四大文庙相比，仅晚于曲阜孔庙，这说明郑州是具有重文兴教传统的城市。

郑州文庙位于郑州市区东大街路北，庙前有宽阔的广场，广场上有“金声”“玉振”牌坊。广场向北是汉白玉棂星门，门前有泮池，池上有状元桥，过了状元桥就是文庙大门大成门，大成门两侧有乡贤祠和名宦祠，供奉乡贤良吏。进入大门，抬眼看到的是金碧辉煌的大成殿，殿内有万世师表孔子坐像，两侧配享有四配十二哲。四配是孟子、曾子、颜子、子思子，十二哲除朱熹外都是孔子学生。大成殿后是尊经阁，尊经阁后是国学讲堂。一路走来，人们完全浸润在斯文胜地的氛围之中。

## 二

郑州文庙最兴盛时占地 37 亩，主体建筑大成殿巍峨雄伟，宽敞宏阔，东西配房就有 200 多间。但是历史上郑州文庙命运多舛，屡建屡毁，屡毁屡建。特别是火灾给文庙带来一次次重创。书籍纸张怕火，土木建筑也怕火，华夏文化、中华文脉，形式上经不起火烧，精神上又不怕火烧。坑灰未冷山东乱，秦火甫灭汉风起。凤凰浴火，涅槃重生，换来的是更加光彩绚丽的面貌。

宋代以前已说不清郑州文庙几毁几建了。元顺帝至正六年

（1346年），“化为灰烬”的郑州文庙重建了；清光绪二十二年（1896年），“毁坏殆尽”的郑州文庙重建了；“文革”野火烧掉的郑州文庙，2004年又重建了。郑州文庙是华夏文化的一个缩影，灾难可以浴我于火，但阻挡不了我再生；历史可以加我以灾厄，但阻止不了我前进的步履。文化正在支撑着郑州走向新的辉煌。

9月28日是孔子的生日，过去每年的这一天都要在文庙内举行大型祭祀活动。现在每逢9月10日教师节，都有教师、学生来祭拜孔子，薪传伟大的中华文明，薪传郑州这座城市的文明之火。

# 郑州城隍庙

中国古代的城市，都有城墙，城墙外有护城河。墙为城，壕为隍，合起来叫城隍，城墙和城壕都是起保护城市的作用，所以每个城市都有自己城市的保护神——城隍。人们把城隍神叫城隍爷，他是冥界的地方官，敬祀城隍的场所是城隍庙，也就是城隍爷办公理政的地方。

城隍神可以管阴阳两界，既管理阴间之鬼，又佑护城中百姓。所以城隍神掌管有赏善司、罚恶司等机构，有牛头、马面、黑白无常等吏卒。每年农历的七月十五和十月初一都是传统“鬼节”，七月十五又叫中元节，是城隍神访鬼的日子，城隍神平反阴间冤假错案，让屈鬼早入轮回。十月一日是寒衣节，是祭祀先人送上寒衣的节日；也是城隍放鬼的日子，阳间农事已毕，让鬼族们也出城散散心，活动活动。

郑州城隍庙，坐落于商城路东段路北。始建于明朝初年，有山门、前殿、戏楼、大殿、寝宫、东西廊庑等。红墙绿瓦，雕梁画栋，是郑州市区保存较好的古代建筑。每年农历三月十八日，都有十分热闹的庙会，也是郑州市民一处消闲娱乐的场所。对城隍信仰的世俗化、实用化，使每个城市所敬神灵有所不同，各个城市都选与自己城市有关的知名历史人物来充任城隍，郑州城隍庙供奉的是汉代纪信。

纪信是刘邦麾下大将，汉高祖三年（前 204 年），项羽困刘邦于荥阳，情况万分危急。纪信给刘邦说，事情太危险了，我可以扮成您，假装投降，您赶紧带人从西门出城避险。刘邦知道纪信这一去是送死，可情势危急，没有别的办法，只好同意了。纪信换上刘邦的衣裳，坐上刘邦的车子，打着刘邦的旗帜，派人告诉项羽，城里粮食吃完了，仗打不下去了，汉王投降了。楚军看刘邦出荥阳东门来降，一片欢呼，等到跟前一看，却发现是纪信。项羽问纪信，刘邦呢？纪信说他已经走了，项羽气急，把纪信烧死了。纪信这人义气呀，为主人赴汤蹈火，在所不辞。事情就发生在郑州，纪信当郑州的城隍，那是再合适不过了。

纪信是四川阆中人，刘邦正式登基的第二年，念及纪信的功劳，就把纪信的家乡从阆中分出，赐名“安汉”。后代王朝对纪信给予加封，宋封“忠祐安汉公”，元封“辅德显忠康济王”，明封“忠烈侯”。郑州城隍庙又名郑州城隍灵佑侯庙。

# 郑州清真寺

郑州清真寺，因地处北大街，故又名北大清真寺或北大寺。该寺是郑州建造最早、规模最大的清真寺。

## 一

隋唐时代，大运河的贯通，使郑州成了水陆码头、交通枢纽。一些阿拉伯商人和使节，在郑州或行经或居留，他们是郑州最早的回族居民。

唐代发生安史之乱，著名少数民族将领仆固怀恩随郭子仪出关作战，曾率回纥兵收复郑州。不久安史之乱平息，有一部分回纥兵留居郑州。唐中和四年（884 年），李克用率军进剿黄巢起义军时，大本营就设在郑州，他率领的军队中也有很多回民，后来也有些人留居郑州。随着时间推移，不断有经商和从军的回民在郑州定居，就在管城一带形成了聚居区。

郑州清真寺建于元末明初，回族同胞有绕寺而居的习惯。因为清真寺不仅是广大穆斯林举行各种宗教活动的场所，还承担着许多其他方面的社会功能。例如培养职业宗教人员、传播教义和宗教知识，另外还有欢庆节日、调解民间纠纷、办理丧葬嫁娶等。

## 二

郑州清真寺，正门面阔三间，进深两间，单檐歇山顶。房顶覆灰筒瓦，脊上浮雕莲花，戗脊前端置云盘，檐下饰斗拱一斗二升。明间用石柱，周围用木柱，中间有木通柱两根，通柱前后有高达 1 米的抱鼓石两对，大门三合，门前有月台，看上去庄重大方。

大殿也称礼拜殿，为清真寺主体建筑。面阔五间，进深四间，有卷棚、前殿、后殿和庑殿。四殿前后相连，可容纳 500 人同时做礼拜。殿顶用琉璃瓦或灰瓦，脊上有浮雕花草纹饰。殿内有光绪年间阿拉伯文横匾。

望月楼又名唤醒楼，是清真寺里特有的建筑，作阿訇观月、斋戒之用。望月楼是一座歇山楼阁式建筑，瓦顶及山面饰黄绿二色琉璃瓦花纹，脊上雕饰莲花。上下檐有斗拱，周围有十二根石柱支撑，前四根有汉文对联两副，后四根有阿拉伯文对联两副。前檐悬竖匾“望月楼”，下檐嵌横匾“万化朝真”，为光绪年间“裴凌阿巴图鲁”杨歧珍书写。后檐扇形匾书“远瞩西域”，中门上方挂大匾“正教昌明”。望月楼虽然规制不大，但小巧玲珑，蕴含了高水平的建筑艺术。

寺内还有两个宣德年间紫金炉，上有铭文印章，实为镇寺之宝。还有两株数百年树龄的古槐，干枝张张，黛色苍苍，朝浴霞彩，暮映夕阳。

# 千年县衙

密县县衙，在新密老城，始建于隋大业十二年（616 年），后来县制屡有废置，县衙屡有毁建。但这处官署，不论是作为县衙，还是州衙，都是这块地盘，历朝历代长达 1400 多年。

## 一

密县县衙，北依开阳、青屏两山，南面有溱水、洧水二河，殿台错落，气势宏大。

明洪武年间，知县冯万金在旧址重建县衙，共五进院落。南北中轴线上可以看到钟鼓楼、照壁、大门、莲池、仪门、戒石坊、月台、卷棚、大堂、二堂、三堂、大仙楼等，布局严格按照官署形制，坐北朝南，左文右武，前堂后宅。

清代知县衷鲲化重修县衙时，在县衙大门东侧立了一块螭首碑，也叫双龙碑。一般立碑不能有龙，但衷鲲化立螭首碑是有原因的，因密县第一任县令卓茂治密有功，被光武帝刘秀封为褒德侯，皇封当然有龙。

大门面阔三间，明间为甬道，东间置喊冤鼓，百姓遇到不公平的事，可以击鼓喊冤。西间有班胥吏，遇到情况班胥吏需要询问详情、秉明上司。大门上有对联：从来清白无遗漏，自古贪争有后殃。上联讲秉公执法，下联讲止讼息争。

大门以里是莲池，莲池有券桥通过。接着是仪门，平时不开，只有新官上任、高官来衙、重大庆典、公开审案时才打开使用。仪门对联是：国正天心顺，官清民自安。

大堂前有“公生明”戒石坊，大堂东西两侧是吏、户、礼和兵、刑、工办事机构。大堂是县衙的主体建筑，是审理案件、举办重大庆典和发布政令的所在。密县大堂叫牧爱堂，意思是要用爱心去管理老百姓。大堂有一副对联：欺人如欺天，毋相欺也；负民即负国，何忍负之。

二堂是县衙第三进院落，堂前有宅门，宅门两侧有门子房。二堂没有门子允许，外人不能随便进出，所以才有后来的“走门子”之说。二堂是县官行使权力和审理不公开案件的地方，密县二堂叫三鉴堂，三鉴即鉴于镜、鉴于古、鉴于人。二堂对联是：法行无亲令行无故，赏疑唯重罚疑唯轻。

三堂是第四进院落，是县官办公和接待上司、贵宾的地方，也是审理私密案件的地方。

大仙楼是第五进院落，为二层小楼，是保存档案资料、贵重物品和年终封印的地方。供奉有守印大仙。所谓大仙，传说是修炼成仙的狐狸精，他们化为人形，神通广大，可以防印信失盗，所以叫大仙楼。

过去的监狱都在县衙内的西南角，叫南监。密县县衙的监狱和县衙一样古老，使用了1400多年，分内监、外监、女监，还布置有各种刑具。

## 二

密县县衙中的“公生明”戒石坊，是一般州县衙门都有的，上边要刻皇帝圣旨：尔俸尔禄，民脂民膏；下民易虐，上天难欺。大堂上的“明镜高悬”也不例外。但密县县衙还有一些自己特色的衙署文化。

从大门对联可以看出止讼息争的思想。过去老百姓对衙门的普遍看法是：自古衙门朝南开，有理无钱莫进来。密县百姓到了县衙，没进衙门先看到门前对联，便明白县衙虽然黑白分明、公正无欺，但发生贪争没有好处，必有祸殃。中国历史上长期处于封建社会，农民聚族而居，以和为贵。好词讼之地，必定民风硗薄。为官一方，主要还是劝化百姓，敦风化俗，密县的第一任县令卓茂治密就是榜样，连蝗虫都不入密境。

密县县衙正堂，知县衷鲲化名之为牧爱堂。牧这个字现在看不顺眼，说穿了就是治理的意思。牧是官员的职责，尽到这个职责，完成朝廷交给的任务，要从爱民出发以达到治民的目的。作为封建官吏，衷鲲化能有这种民本色彩的思想，已属难能可贵。

密县县衙，一进大门有一座莲池，通过莲池才能进入县衙的大堂、二堂、三堂。莲者，廉也；莲者，洁也；莲者，直也。进这衙门先要经过莲池，是密县县衙所独有的设计。这不但丰富了衙署文化，也丰富了廉吏文化。

二堂名三鉴堂。三鉴堂东厢房是文物展室；西厢房是密县历代名宦介绍，展出了从第一任县令卓茂到清末最后一位官员，先后有县令、知事 194 位，其中清官 38 位，入名宦祠者 10 位。这些清官名宦，为官一任，造福一方，是值得密县人民世代记在心上的。

# 桃花峪

黄河是我们的母亲河，全长约 5464 公里，是中国第二长河。

黄河分上游、中游和下游。上游从黄河源头到内蒙古河口镇，长度约 3472 公里，河口镇就是上、中游的分界线。黄河中游，从内蒙古河口镇到河南郑州桃花峪，长度约 1206 公里。下游从桃花峪到山东黄河入海口，长度约 786 公里。那么桃花峪就是中、下游的分界线。

黄河的上、中游，大部分都是在高山峡谷、黄土高原上流淌，受着拘束，所以才有那么多大湾，那么多急流。过了桃花峪，黄河进入了一望无际的大平原，一下子撒开了性子，放开了手脚，变得无拘无束、雄浑辽阔。高兴了靠北边流些年，不高兴了靠南边流些年。今天走走济水，明天走走淮河。黄河母亲，是伟大的、博爱的，也是有自己性格的。

桃花峪能作为黄河中、下游的分界线，有它独特的地理属性。它承接了昆仑，它接通了秦岭，它把黄河送上了平原，送去了大海。站在这里，西望可以领略黄河之水天上来，东眺可以感受奔流到海不复回。所以桃花峪是一个显著的地理标志。

桃花峪还有它的文化属性。它所在的山是三皇山，三皇是我们的三位始祖伏羲氏、燧人氏、神农氏。这里有郑武公陵，郑武公把郑国真正从陕西迁到河南，迁到了郑州；这里有古卷长城，是河南省内古长城的重要一段；这里有昭成寺，是唐德宗为昭成皇后追福而建；这里有晋时高僧僧朗的果园田庄，历史上桃花峪也叫僧朗谷。对了，有黄河之水的滋润，这里还有满谷桃树，春来花开灼灼，夏秋果实累累，要不怎么叫桃花峪呢。

桃花峪中花争红，三皇山上唱大风。涛声砰訇满世界，起看东方腾苍龙。

# 二七纪念塔

二七纪念塔坐落在郑州市中心的二七广场，全称是二七大罢工纪念塔，是为纪念发生在 1923 年 2 月 7 日的京汉铁路工人大罢工而修建的。

## 一

京汉铁路工人大罢工，是中国共产党领导的第一次全国性的工人运动，虽然最后失败了，但它开了工人运动的先河，充分彰显了工人阶级的强大力量，扩大了中国共产党在工人队伍中的影响。

1923 年 2 月 1 日，京汉铁路各站工人在郑州普乐园（今郑州二七纪念堂）举行京汉铁路总工会成立大会，遭到军阀吴佩孚的武力阻挠。为抗议暴行，总工会决定举行罢工。2 月 4 日大罢工开始，京汉铁路全线客货车一律停开，京汉线立即陷于瘫痪。

1923 年 2 月 7 日，吴佩孚命令湖北督军萧耀南借口调解工潮，诱骗工会代表到江岸工会会所“谈判”。工会代表在去工会办事处途中，遭反动军队枪击，赤手空拳的工人纠察队当场被打死 30 多人，打伤 200 多人，造成了震惊中外的“二七惨案”。在郑州，有 6 名铁路工人被捕，1 人被迫害致死，300 多人被开除。彰德、信阳、新乡也有工人被杀。郑州的党组织被破坏，负责人李震瀛、赵子健等被迫离郑，工会全部封闭。

在汉口，2 月 7 日晚上，天降大雪，反动军警把京汉铁路总工会江汉分会委员长、共产党员林祥谦，绑在江岸车站站台的木桩上，逼他下令复工，林祥谦断然拒绝，英勇就义。在武昌，武汉工团联合会顾问、共产党员施洋被杀害。武汉在大罢工中有 52 人牺牲，300 多人受伤。

“二七惨案”发生后，中国共产党一边揭露军阀暴行，一边号召全国工人和民众联合起来支持罢工，其他行业工人和民众的声援有力地支持了京汉铁路的工人阶级弟兄。

## 二

1951 年秋，为纪念二七大罢工，郑州市将长春桥旧址扩建为二七广场，不久又建了一座 15 米高的多面体木塔，供市民凭吊被杀害后头颅挂在长春桥头的两位烈士，一位叫汪胜友，一位叫司文德。

1971 年夏，木塔倒塌，郑州市决定修建一座永久性纪念塔。新塔面向全省征集设计方案，共收到 80 多份设计稿，经专家审商，大家一致认为其中有很多不错的设计方案，但却没一个能让大家特别满意的方案。当时的郑州市革委会主任王辉，他是搞建筑出身，提出了“搞双塔造型”的建议，突出纪念两位烈士的寓意，大家认为这个创意不错。王辉和建筑师胡诗仙等人多次商讨后，确定了现在这个二七塔的建设方案。

二七纪念塔的建设工期只用了三个月，1971 年 7 月 1 日动工，10 月 1 日开门迎宾。国庆节当天，郑州市万人空巷，市民排队登塔。

## 三

二七纪念塔全高 63 米，共 14 层，塔顶建有钟楼，钟楼上镶嵌一枚红五星，有六面直径 2.7 米的大钟，整点用《东方红》乐曲报时。塔平面是东西相连的两个五边形，从东西方向看是单塔，从南北方向看是双塔。当时二七塔是市内最高建筑，登上塔顶，近可以鸟瞰市容，远可以眺望黄河。

从此，二七塔成了郑州市的地标建筑，市民结婚生子、过节贺寿，都爱到二七塔前照相留影。外地人到郑州，忙完事情，要去二七塔看看转转，或者专门就是为参观二七纪念塔而来，正所谓“你没看二七塔，等于没到过郑州”。

二七纪念塔渗透到郑州人的生活中，铭记在郑州人的心坎上。工厂生产的产品，有的就以双塔牌命名，即使叫其他牌，也把二七塔印上；郑州大学培养的大学生，也叫“双塔牌学生”。2006 年，中央电视台来郑州录制节目，主持人撒贝宁请大家写一个人名或地名，让人一看就知道是郑州，结果郑州市领导和群众不约而同地都写的是二七纪念塔。

如今的二七纪念塔，虽然被周围高楼所掩映，但在郑州人心目中的位置仍然十分重要。2006 年，二七纪念塔被列为全国重点文物保护单位，也成了河南年纪最轻的全国重点文物保护单位。

# 康百万庄园

## 一

康百万庄园，又称河洛康家。庄园背依邙岭，面临洛水，呈金龟探海之势，是北方建筑的典型代表，全国著名三大庄园（刘氏庄园、牟氏庄园、康百万庄园）之一。康氏族人先后十几代在此生活，历经明、清和民国三个时期。康氏家族由最初的逃难之家，发展为田地跨三省、生意达三江的大家族。

康百万庄园建有 33 个院落、53 座楼房、1300 多间房舍、73 孔窑洞，占地 240 多亩。庄园主要仿北方四合院基本布局特征，规模宏大，能看出兼具官府、园林、文化、堡垒等的特点，是一座严谨幽静的深宅大院。建筑物上有精美的石雕、砖雕、木雕，可谓雕梁画栋，琳琅满目。从功能看，有住宅，有学塾，有商栈，有工坊，有店铺，有祠堂，有花园，有寨堡，有碑楼，有牌坊，有菜圃，有书房，功能之齐全可以说百不缺一。

# 二

康家是明初迁民来巩县（今河南巩义）的，最初是在洛河岸边开了个小饭店，名康家店，后来演化成村名，叫康店。明末清初，康家第十代传人康复吉，娶逃难人家朱氏女儿为妻，康朱联姻，家业开始兴盛。据说这朱氏的祖父是崇祯皇帝的叔叔、坐镇洛阳的福王朱常洵，父亲是弘光皇帝朱由崧，朱氏和母亲李妃出来逃难时带着很多金银细软，嫁给康家后，为康家置买了几千亩田地。

康复吉的孙子康大勇，文武全才，智勇双全，志向远大。分家后，他把老宅留给两个弟弟，自己置买了新宅，这就是后来康百万庄园的主宅区。康大勇不再守着土地，而是开拓了大河行船的水运业，扩大了商业门店，然后用赚来的钱购买土地，这为以后康家在各领域的发展奠定了基础。

康大勇的孙子康应魁，是康家第十四代传人，他在祖父创业的基础上，使康家家业发展到了巅峰。据说康应魁手下有“四大朝臣，八大金刚，三十二护卫”，在这些得力干将的辅佐下，他进一步壮大了商船队伍，趁机和清军做起棉布生意，建立三原、泾阳棉花产业基地，增建栈房，扩建庄园。随着人事的代谢，世事的变化，到康应魁的孙子辈康无逸、康无耽、康无晏，家道开始衰落。

康家最风光的时候，当然是为慈禧老佛爷和光绪帝接驾之时。康鸿猷为了巴结官府，承担了建造黑石关行宫的全部费用，还要奉献贵重礼品。据说康家敬献了足有一百万两银子，慈禧太后才封其为康百万的。

## 三

康百万庄园有一块名匾，叫“留余”，是清同治年间金殿传胪、翰林院编修牛瑄题写。匾额主要内容取自留耕道人《四留铭》：留有余，不尽之巧以还造化；留有余，不尽之禄以还朝廷；留有余，不尽之财以还百姓；留有余，不尽之福以还子孙。盖造物忌盈，事太尽，未有不贻后悔者。高景逸所云：临事让人一步，自有余地；临财放宽一分，自有余味。推之，凡事皆然。坦园老伯以“留余”二字颜其堂，盖取留耕道人之铭，以示其子孙者，为题数语，并取夏峰先生训其诸子之词以括之曰：若辈知昌家之道乎？留余忌尽而已。通篇匾文体现了财不可用尽、势不可使尽的中庸思想。

康百万是豫商的典型代表，留余文化代表着豫商文化。其一，留余文化的核心是中庸。儒家讲过犹不及，凡事留有余地。其二，留余文化追求的是仁爱，不尽之财以还百姓。康家乐善好施，常做周济乡邻之事。其三，留余文化追求信义，康家从不乘人之危、趁火打劫，而是充分考虑对方难处，公平交易。其四，留余文化用以训养子孙，引导后人永葆纯粹家风，克勤克俭，谦恭循礼。

# 黄河风景名胜区

黄河风景名胜区位于郑州市黄河之滨，黄土高原的最东端，下临滔滔黄河。

## 一

从西北奔腾而来的大河，从这里要进入平原，流向大海。

五龙峰由五座连绵起伏的山峰组成，最高处有一古典建筑极目阁。登阁凭栏，极目苍茫，西眺水接天，东望无涯际，风送涛声，胸胆开张。这里有一尊汉白玉《哺育》雕塑，母亲怀抱婴儿，是那样慈祥，那样温暖；婴儿偎依母怀，是那样宁馨，那样幸福。

向阳山炎黄二帝巨塑，依山就势，是目前国内最雄伟的雕塑之一，通体高 82 米，再加上顶部 18 米头像，总高恰巧 100 米，寓意我们中华民族千秋万世昌隆繁盛。站在二帝像前的炎黄广场上，仰望始祖，不觉全身热血奔涌，为自己身为炎黄子孙而骄傲、自豪。

## 二

岳山寺景区位于五龙峰东侧，主要建有紫金阁、铁索桥、牡丹园、月季园、植物园等。在岳山寺的悬崖峭壁上，桥横铁索，险峻异常。

骆驼岭在岳山寺西 2 公里，上有大禹塑像，栩栩如生，纪念他导河积石、东流大伾、育我华夏之功。

紧临的广武山上，有汉霸二王城，中有鸿沟，是当年刘邦与项羽对峙鏖兵所在，它的文化凝聚在随处可见的中国象棋棋盘上，二人对坐，楚河汉界，耳畔犹闻金鼓交响、战马嘶鸣。

1952 年 10 月 31 日，毛主席健步登上小顶山，坐在土坎上，望着亘古奔流的大河，凝视良久，发出了“一定要把黄河的事情办好”的庄重誓言。小顶山上，有毛主席视察黄河的大型纪念铜像供人瞻怀。

如今的邙岭上，绿树成荫，清风飒飒，远处涛声轰鸣，近前百鸟婉转。登山如读史，临河畅襟怀，长河流今古，不尽滚滚来。

# 卷三

# 许 由

许由和巢父都是唐尧时代的高洁之士，二人开了中国隐士的先河。《辞海》释隐士为“隐居不仕的人”。看来要当隐士，首先得是知识分子，否则，你不隐也当不了官，你隐个啥呢？

## 一

许由，字武仲，阳城槐里（今河南登封槐里村）人。许由原是四岳部落首领，根据他当时享有很高的贤德名声推想，他应该很有治绩。

尧当时年纪大了，想找一个接班人。儿子丹朱不贤，靠不住，尧肯定不会把天下交给儿子。许由的贤德名声传到尧的耳朵里，尧本着对天下百姓负责的精神，下决心把王位禅让给许由。天下没有不透风的墙，许由听说尧有意让他接班，就躲了起来。

帝尧在颍水之阳、箕山之下寻访到了许由，诚恳地说明来意，许由连连摇头拒绝，说：真感谢您的好意，天下贤达之士很多，我不行，我连一个小小的许氏部落都治理不好，怎么能治理天下呢？尧说：哎呀，您现在就像太阳已经升起，我现在像一根蜡烛，光线很弱；您现在就像普降的甘霖，我现在就像几滴雨水。您要能接班干下去，天下一定大治。许由慌忙接上说：当今您治理天下，大得民心。我就像一只鷦鷯鸟，在这树林里的哪棵树上筑个巢，不过占一个树枝；就像一只鼹鼠，渴了跑到河边，鼓着肚子喝饱，也不过就那一点儿水。我实在没啥大本领，您老还是请回吧。

越是有本事的人越是谦虚，要不人家唐尧怎么能成为圣王呢？人家许由怎么能成为贤士呢？

## 二

接班人问题解决不了可是个大事，过段时间，尧又来找许由，想让他当九州长，苦口婆心讲了好多道理，许由还是拒绝了。尧离开后，许由为了不让尧再找到他，就躲进箕山深处。许由觉得尧让他当官的话，简直污染了自己的耳朵，于是就到颍水边去洗耳。

许由正撩起清亮的河水洗耳，另一个贤人巢父恰巧来饮牛。巢父问许由，你这没事洗耳朵干啥？因为两人志趣相投，许由就把事情经过给巢父讲了一遍。巢父一听急了，说：你这人要不当官就真不当官，犯不着在外面招摇，搞出那么大名声。得，你在这儿洗吧，我到上边饮牛去，免得你洗耳的水脏了我的牛口。颍河洗耳的典故衍生出了很多代表隐逸的称谓，比如箕颍之志、箕颍之节、洗耳高人、洗耳翁等。

从此许由隐居在箕山，夏天住树上，冬天住山洞，饿了采些野果充饥，渴了就去河边喝水。人们见他喝水用手捧着喝，也没个盆碗，就送他个水瓢。许由喝过水就把瓢挂在附近树上，风一吹，瓢嗡嗡作响，他嫌吵闹，干脆把瓢扔进了山沟。后来说的挂瓢、弃瓢、许由瓢、弃瓢翁，都是指此事，用以彰显隐逸之风。

## 三

许由死后，就葬在箕山顶上，后世又称箕山为许由山。司马迁外出游历时，还专门登箕山拜谒许由墓。后人为纪念先贤，修建了许由庙，称许由为许征君，许由庙也被称为征君庙。每年六月初九许由生日、八月初一许由忌日，都起有大的庙会。如今箕山尚有许由冢、许由庙、洗耳泉、弃瓢岩、许由手植槐等遗迹，以供人们凭吊。

流风余韵，不绝如缕。后世有不少人慕名归隐嵩山。许由之后，接着有伯益，伯益为躲避舜的禅让而到箕山隐居，这就是历史上的伯益让国。由于佛教、道教在嵩山的繁荣发展，数不清的高僧大德、仙道真人在这绵绵群山中，远离市嚣宦场，过着青山白云、枕石漱流的岁月。

当然有些人是先隐后官，有些人是先官后隐，也有些人只说不隐。另外还有李白，还有岑夫子和丹丘生，正在飞觞流霞，白云高卧，诗仙乘兴向山上一指："我有万古宅，嵩阳玉女峰。"

# 岐 伯

2010 年，新密市被中华医学会和中国民族医药学会命名为“岐黄文化发祥圣地”。新密岐伯山位于苟堂镇南部。这里遍布岐伯遗迹，有岐伯洞、岐伯泉、岐伯墓、岐伯庙、大臣沟、晒药场、花子岭、张老岭等。至今岐伯山也是优质中草药产地。

岐伯并不是当地人，他的故乡有三说：一说是陕西岐山，一说是甘肃庆阳，一说是四川盐亭。一般说他是陕西岐山。南宋《路史》载：“古有岐伯，原居岐山之下。黄帝至岐见岐伯，引载而归，访于治道。”这说明岐伯是黄帝访贤时发现的人才，后被黄帝尊为天师。

岐伯自幼聪明颖悟，才智过人，善于观察，勤于思考。他看到有很多百姓死于疾病，就立志从医，求师访友，精研医理，终成一代名医，被后人尊为“华夏中医始祖”“医圣”。

中国最早的医学著作《黄帝内经》，包括《素问》和《灵枢》两部分，这部书开中医药著述的先河。全书以《易》学思想为统领，形成了中医学的基本理论框架。该书是黄帝和岐伯还有其他大臣讨论医药问题的记录和总结，黄帝提出的问题，主要是岐伯答问的，或者说岐伯是主要贡献者，所以岐伯排在了黄帝前边，几千年来我们一直称中医为“岐黄”或“岐黄之术”。

黄帝和岐伯还开创了中药学的先河。黄帝让岐伯尝味草木，辨识药性，他们在继承吸收炎帝巫医术的基础上，写出了最早的中药学著作《神农本草经》，共收药物365种，因草药居多，故名《神农本草经》。

汉代张仲景在《伤寒论》序中写道：“黄帝与岐伯，上穷天纪，下极地理，远取诸物，近取诸身，更相问难，垂法以福万世。”

中医药学源远流长，充满系统性、整体性的辩证思维，它不但是中华民族在医药学上对人类做出的贡献，同时也是中国古代哲学思想的重要组成部分，所以也是对人类思维方法做出的重要贡献。

# 程　本

程本，字子华，自号程子，春秋时期晋国人，后隐居巩县石臼泉（今河南巩义米河镇程家寨村），著书课徒。是孔子同时代的天下贤士。

## 一

程本在齐国遇到在那里讲学的孔子。原来两个人早就互闻大名，今日路遇，相见恨晚。“倾盖如故，相语终日。”

程本学问渊博，遍览三坟五典、八索九丘。长期专心研究河图洛书，这次遇到知己，把研学心得尽数向孔子吐露，与其交流。孔子当时正潜心读《易》，两人一起谈天道，谈人生，谈修身，谈治平，多有契合。所以孔子对弟子们说，程本真不愧为天下贤士。

眼看天色将晚，孔子问程本为什么大老远来到齐国。程本说，晋国大夫赵简子非要让他出来做官，他不愿意在赵简子手下做官，得罪了赵简子，恐被找麻烦，才躲到齐国来了。孔子说，这人也曾邀请他去晋国，但半路上，他听说赵简子杀了大夫窦犊和舜华，就从黄河边掉头回来了。程本一听，非常感动，原来两人在政治上的态度是那么一致。分别时，孔子送程本束帛十匹。从此，“程孔倾盖”就成为历史上一段佳话。

## 二

程本祖上是西周大司马程休父，祖父就是《赵氏孤儿》这部戏中的程婴。程婴救的那个孤儿，叫赵武，这赵简子就是赵武的孙子。程本料到赵简子会找他麻烦。赵简子果然派手下一个叫烛过的人，去捉拿程本，可程本早已逃走。后来，赵简子想到两家世代交好，不应该对程本动粗，于是又派董安带着礼物去齐国请程本。程本当时已觉察到赵简子有不臣之心，谢绝聘请，而且回了一封言辞恳切、情意深婉的信。赵简子看信后，更觉得对不起程本。他对儿子无恤说，我死后，一定要善待程本。

赵简子死后，程本回到了巩县石臼泉课徒著书，很快名闻诸侯。不少人远来求教，石臼泉成了人心向往的神圣去处。程本培养了大批学生，在他死后，学生们把他的思想和一生的行状事迹记录下来，汇集成书，名《子华子》。

《子华子》继承了河洛文化的精髓。程本的论述，是当时对河图洛书最精深的阐发。程本的“全生”养生论，对生命和道德操守都有很高要求。他认为应该珍爱生命，维持尊严，充分展示生命价值，提高人生境界。

北宋时期的程颢、程颐是程本的嫡系后裔，创立了理学中的洛学，可以说是河洛文化的继承者与发展者。

现在巩义市米河镇程家寨村仍有子华子祠，大门有联云：赠束尼山古今供养贤士，灵钟洛水兄弟同衍心传。

# 弦 高

弦高是春秋时期郑国的一个商人，准确地说就是牛羊贩子。

这一天，弦高正赶着牛羊到周的辖地去做生意，路上遇到了秦国军队，当得知秦国军队是去偷袭自己的国家郑国时，弦高一面派人回国报信，一面佯装成郑国国君的特使与秦军周旋。

事情的起因是这样的：晋文公打败了楚国，原来依附于楚国的郑国，只好屈服于晋国，与晋国订了盟约。可是郑国也害怕得罪楚国，暗地里又与楚国结了盟。晋文公知道后，很是生气，打算会合诸侯讨伐郑国。有大臣给晋文公说：“已经会合过好几次诸侯了，我们自己就可以对付郑国了，何必再麻烦别人呢？”晋文公说：“这样也好，不过刚与秦国约定，有事一起出兵，不能不告诉秦国。”秦穆公正想找理由向东扩张，得晋国的邀请，立即发兵。

秦晋两国军队，兵临郑国边境，郑国国君吓得不轻，赶快派能说会道的烛之武去劝说秦穆公退兵。烛之武见了秦穆公说：“这次秦晋两国攻打郑国，郑国肯定要灭亡了。但郑国和秦国相隔那么远，郑国亡了，土地肯定都给了晋国，晋国势力就更大了。晋国今天能灭郑国，明天说不定就去攻打秦国，这事对秦国有啥好处呢？如果秦国不灭亡郑国，我们两国讲和，以后秦国有什么使者往来，经过郑国，郑国也好当个东道主接待秦国使者，对您有什么坏处呢？您多考虑一下吧。”秦穆公认为烛之武说的有道理，就答应单独与郑国讲和。撤军时，还留两千人马帮郑国把守北大门。晋文公得知秦国不告而别，先行撤军，非常生气，说：若不是看秦国曾帮自己复国的份上，非把秦国留的这些军队消灭了不可。之后，晋文公也与郑国订了盟约并撤兵。

秦穆公听说晋国与郑国签了盟约，尽管生气，但一时也不愿与晋文公翻脸。过了段时间，晋文公病逝，晋襄公继位，秦穆公觉得晋国现在顾不上国外的事情，于是趁机派兵去攻打郑国。老臣蹇叔和百里奚不赞成，可秦穆公执意派大军东征。就这样半路上遇到了弦高。

弦高求见秦军主将，说自己是郑国国君的使臣，给秦军主将说：“我叫弦高，我们国君知道几位将军远道而来，备了一点儿薄礼，来犒劳贵军，聊表心意。”于是，献上了 4 张牛皮和 12 头肥牛。

秦军主将孟明视想，本是要偷袭郑国，但人家早有准备，还送来了礼物，还怎么偷袭？就撤兵了，回国的路上顺路灭掉了滑国。

郑国国君也趁机赶走了原来的秦国驻军。弦高救了郑国，郑穆公想赏赐他，弦高不受，给郑穆公说：我这是欺骗了秦军，不要因为赏我一个人，助长了不讲诚信的社会风气。

# 郑 国

郑国是新郑人，是韩国的水利专家。

## 一

当时天下形势，是战国七雄都想灭掉其他六国，自己一统天下。七国中最有实力和野心者当数秦国，韩国属于六国中较弱的一个。还有一个更现实的问题是，韩国紧邻秦国，秦国要统一天下，要消灭六国，出得关来，就得先打韩国，韩国可能是第一个被消灭的国家。这是韩国的实力决定的，也是韩国的地理位置决定的。

韩国可不想束手就擒，更不想第一个被灭亡，当然也不能明着挑衅秦国找死。于是使出了“疲秦”妙计——派水利专家郑国去游说秦王干一项浩大的水利工程，让秦国的人力物力都花在工程上，没有精力来打韩国，韩国就安全了，就可以高枕无忧了。要实现这个妙计，也需要有这方面本事的人才能完成任务，派个只会吹牛皮没有真本事的人，既糊弄不住秦王，恐怕还得把小命搭进去，甚至还会给韩国惹来麻烦。韩国最懂水利的当然是郑国了，郑国知道国君要派他去秦国实施这个妙计，那就去吧，为了韩王，也为了韩国的老百姓，不能贪生怕死，更不能看着自己的国家灭亡和本国的老百姓遭殃呀。

韩国和秦国是近邻，对秦国的山川大势，郑国是了如指掌，所以他想，以建一条引泾入洛的大渠，灌溉、改良渭水以北大片土地，发展农业，兴粮富国为理由，来诱说秦王。当时，秦王嬴政为了统一六国，正千方百计壮大实力，对郑国这个可以兴粮富国的建议，非常满意，就命郑国主持这项修筑大渠的工程。

## 二

大渠的整个工程，是西引泾水，东注洛水，总长300余里。泾水从北部群山中流出后，进入了关中平原，关中平原东西长数百里，南北宽数十里，呈西北高东南低之势。郑国选择礼泉县东北的谷口为渠首，沿山脚向东修干渠，最后到洛水，这样干渠中水可以自流，干渠处在整个平原的最高处，所有需要灌溉的土地也能实现自流，4万多顷土地上就形成一个庞大的自流灌溉体系。

正在施工过程中，韩国“疲秦”阴谋暴露，秦王大怒，要杀郑国。郑国是搞工程的，不似当时那些巧舌如簧的游说之士，他老实地承认自己是韩国派来的间谍。《汉书·沟洫志》有这样的记载，郑国说：“始臣为间，然渠成亦秦之利也。臣为韩延数岁之命，而为秦建万世之功。”秦王也是有雄才大略之人，岂为成法所囿？一听郑国说得有道理，不仅没杀郑国，还让郑国继续主持修渠工程。

## 三

工程进行了约10年时间才告竣工，水渠开通后，“举锸为云，决渠为雨”，农业得到迅速发展，一向贫瘠的关中土地忽然变成千里沃野。秦人粮足，再无凶年，所以秦人把这条渠叫作郑国渠。秦国仗着兵精粮足，终于兼并六国，统一天下。秦人得以建立大秦帝国，郑国渠的作用不可小觑，郑国的功劳不可磨灭。

郑国渠工程浩大，设计精妙，郑国充分利用地理自然大势，使郑国渠发挥最大效益，这在我国水利史上是少有的，在世界水利史上也是少有的。

有诗赞曰：“世事殊难料，疲秦变强秦。延韩数岁命，立秦百世勋。一渠流天地，六国日月昏。再无凶岁至，人人歌郑君。”

# 卓 茂

卓茂，字子康，南阳郡宛县（今河南南阳宛城区）人，汉大臣，云台三十二将之一。

## 一

卓茂幼时前往长安求学，师从博士江生，深得师父之学，号称通儒。

卓茂初出仕，被聘为丞相府史，跟随孔光。孔光也是有德之人。

有一次卓茂外出，一个路人说卓茂驾车的马是他家丢失的马。卓茂问他，你的马丢失多长时间了？那人说，丢失一个多月了。可是这匹马已经跟卓茂几年了。尽管卓茂知道这人肯定搞错了，但仍然解开缰绳，把马交给那人。临行时回头对那人说，如果不是先生家的马，劳驾你把这马给我送到丞相府去。过了一段时间，那人在别处找到了自家的马，就把卓茂的马送到丞相府去了。到了丞相府见到卓茂，他磕头道歉，卓茂丝毫没有责备他。卓茂仁人君子之风由是广为流传。

## 二

卓茂凭学识，被推荐为侍郎，供职黄门，随后任密县（今河南新密）县令。卓茂爱民如子，教化兴学。起初他进行一系列改革，本县人嘲笑他，邻县人也看笑话，认为他没能力治理一个县。郡里给他派了监理县令，他也不计较，行事如常。几年后，教化大行，百姓夜不闭户，路不拾遗。汉平帝时发生了大蝗灾，波及 20 多个县，蝗虫唯独不进密县境。有人报告太守，太守不信，亲到密县视察，发现密县就是没受蝗灾，心里非常佩服卓茂的政绩。

王莽执政，升任卓茂为京部丞，密县老百姓依依不舍，含泪送行。后王莽篡汉称帝，卓茂遂以病辞官归乡，不再出仕。更始帝刘玄任命卓茂为侍中祭酒，卓茂发现更始政权混乱不堪，又以年老辞归。

25 年，东汉建立后，光武帝刘秀立即访求卓茂，拜为太傅，封褒德侯。刘秀下诏曰："前密令卓茂，束身自修，执节淳固，诚能为人所不能为。夫名冠天下，当受天下重赏。"汉明帝即位，又补卓茂为云台三十二将之一。

## 三

卓茂去世后，密县百姓为纪念他，在县城东门外筑衣冠冢，建卓茂祠。历朝密县县令，上任后均先到卓茂祠祭拜。后来，密县县城从大隗镇迁到了现在的新密老城，人们又在老城修建一座卓茂祠，这里年年香火不绝。

范晔在《后汉书》中对卓茂赞赏有加："性宽仁恭爱""茂性不好争""劳心谆谆，视人如子，举善而教，口无恶言，吏人亲爱而不忍欺之"。

唐代诗人汪遵有诗曰："百里能将济猛宽，飞蝗不到邑人安。至今闾里逢灾沴，犹祝当时卓长官。"

明代归有光赞曰："若贾生之通达，蔡邕之文学，张衡之精思，卓茂之循良，李膺之高节，黄宪之雅度，邓禹之功勋，有不可一二数者。"

明末清初顾炎武有诗曰："拱木环遗寝，空山走部民。循良思旧德，执节表淳臣。几杖中兴礼，丹青御座亲。至今传俎豆，长接大隗春。"

# 张 良

张良（？一前 189 年或前 190 年），字子房，韩国（今河南新郑）人，与萧何、韩信并称“汉初三杰”。

## 一

张良是韩国贵族，祖父张开地曾三朝为相，父亲张平曾两朝为相。韩国被秦国灭掉，对张良来说，是集国仇家恨于一身，所以他很早就立下复仇之志。他访得一个大力士，特意打制 120 斤重铁锤一柄，用于刺秦。秦始皇二十九年（前 218 年），始皇东巡车队经过阳武县（今河南原阳东），张良和大力士在博浪沙伏击，误击中副车。刺秦失败，张良遭全国通缉。

一天，张良在沂水圯桥头，碰到圯上老人黄石公。经再三考验，黄石公认为张良“孺子可教矣”，遂授以《太公兵法》。从此，张良研习不倦，终成一代文韬武略、足智多谋的“智圣”。

公元前 209 年，陈胜、吴广揭竿起义，张良也扯起反秦大旗，加入了起义的洪流。后来张良遇上刘邦，深得刘邦信赖，成了辅佐其打天下、立汉祚的重要谋士。

## 二

楚怀王令刘邦、项羽分兵伐秦，并约定先入关者为王。刘邦在张良的策划下，一路下南阳，破峣关，抵军霸上（今陕西西安东），迫使秦王子婴素车白马，出城投降，秦帝国灭亡。刘邦历时一年，先项羽而入关。

项羽听说刘邦已先于自己入关，非常气愤，率领大军，破关进驻新丰、鸿门（今陕西西安临潼区北一带），准备一举消灭刘邦。幸有张良的故交项伯通信，刘邦挣了个第二天鸿门宴上服软的机会。尽管有张良、樊哙在侧保护，但也是险象环生，差点儿命丧当场。刘邦不告而别，虽有失礼数，但总算捡了一条命。

不久，项羽自立为西楚霸王，封了十八位诸侯王，刘邦捞了个汉王的封号，封地却远在巴蜀。还是张良走了项伯后门，刘邦的封地才又增加了汉中地区。张良给刘邦出主意，汉军走后烧掉栈道，麻痹项羽，表示再无意与他争夺天下。刘邦养精蓄锐，待机而发。因为有前边的明烧栈道，才有了后边的暗度陈仓。刘邦出得山来，一举平定三秦，项羽得知后怒不可遏，决定攻打刘邦，结果又被张良误导，转而先去打齐王田荣，这就给刘邦赢得了喘息的机会。

刘邦趁项羽攻打田荣之时，攻占了项羽的国都彭城。项羽率精兵回救，刘邦惨败，连老父、妻子、儿女都当了俘虏，只带数十骑逃到下邑，沮丧至极。关键时候，张良为刘邦作了“下邑之谋”，外结英布、彭越，内托大事于韩信。刘邦依计而行，用好三人，调动三路大军，共击项羽。从此，全国的战场形势，开始向刘邦倾斜，直至把项羽逼到别姬自刎的地步。

## 三

汉高祖五年（前 202 年），刘邦正式即帝位。他盛赞张良：“夫运筹策帷帐之中，决胜千里外，吾不如子房。”在大封功臣时，刘邦让张良在齐地挑三万户作为封邑，张良不要，而要求封到第一次遇见刘邦时的留地（今江苏沛县），是为留侯。张良辞封的理由是：韩国灭亡后，他已成为布衣，得封万户、位列侯，夙愿足矣。

张良深知兔死狗烹、鸟尽弓藏的道理，他以自己身体不好为由，自请告退，摒却人间事，要从赤松子游，专心修身养体，求道成仙。吕后感激张良计保太子，劝他毋自苦。张良听从吕后的劝告，虽未归隐，也以病为托词，不参与朝廷大事。公元前 189 年张良病逝，谥文成侯。

“汉初三杰”中另两杰：萧何系狱，韩信被诛。相比起来，张良还是谋高一筹。

# 韩 非

韩非（约前280—前233年），又称韩子、韩非子，韩国（今河南新郑）人。韩非是荀子的学生，和李斯是同学。传说韩非是韩桓惠王之子，他深爱着韩国，但他的主张却不被当时的韩王所重视。韩非郁郁不得志，退而著述，从而得以更系统地阐发完善自己的政治主张、政治思想、治国方略、法制理论等，成就了一位带有唯物主义色彩的哲学家。韩非是中央集权专制国家的理论奠基人，法家思想的集大成者。

## 一

司马迁在《史记》中写韩非："喜刑名法术之学，而其归本于黄老。"《韩非子》中有《解老》《喻老》等，说明韩非的思想源于道家，是用老子的朴素唯物主义及辩证法，为自己的"法、术、势"作理论桩基，从而使道家的形而上下沉到形而下，运用于现实的政治国家和社会人生。

韩非主张天道自然，"道"先天地而存在，"道"是万物发生发展的本源，有了"道"才有万物。这个"道"就是事物发展的客观规律，人们要尊重、遵循这个规律。他提出了“循名实而定是非，因参验而审言辞”的主张，强调了实践的重要性。

韩非认为事物是不断变化的，指出“定理有存亡，有死生，有盛衰”。用“以子之矛，陷子之盾”的寓言，在中国哲学史上提出了对立统一的矛盾论命题。

## 二

韩非的政治主张是建立中央集权的封建专制国家，“法、术、势”的思想，就是他封建专制思想的主要内容。

《韩非子》中有“臣事君，子事父，妻事夫，三者顺则天下治，三者逆则天下乱，此天下之常道也”。这就有了“三纲”封建思想的基本内容。

《韩非子》中有“事在四方，要在中央，圣人执要，四方来效”。他认为国家大权要集中在君主一人手里，君主必须握有权势，才能有效治理国家。在治理国家时，要“废先王之教”，要“以法为教”，实行严刑峻法，人民才会顺从，社会才会安定。这就是韩非的中央集权思想。

韩非主张君主的驭臣之术要做到去“五蠹”防“八奸”。秦始皇看了他的文章，称赞不已，曰：“嗟乎，寡人得见此人与之游，死不恨矣！”

## 三

韩非是荀子的学生，他继承了人性恶的理论，引出了法治的观点。他总结了先前的法家商鞅、申不害和慎到的思想，认为他们都有缺点，都有未尽之处，“申子未尽于术，商君未尽于法”。他认为君主要善用权术，臣下必须遵法。

韩非提出“法不阿贵”的思想是难能可贵的，他主张“刑过不避大臣，赏善不遗匹夫”。这和儒家“刑不上大夫，礼不下庶人”有本质的区别。这种法律面前人人平等的思想，时至今日仍然闪耀着动人的光辉。

韩非认为只有法和术还不行，还要有势。他说：“尧为匹夫不能治三人，而桀为天子能乱天下。”“抱法处势则治，背法去势则乱。”

秦国就是韩非“法、术、势”思想的现实实践之地，秦始皇是韩非理论上的忠实践行者，所以，秦国是我国历史上第一个中央集权制国家。

韩非的思想总起来看，学于儒，出于道，成于法。韩非的理论丰富多彩，不愧是我国古代伟大的思想家。

# 子 产

子产（？一前 522 年），名侨，字子产，又名公孙侨。郑穆公之孙，郑公子发（字子国）之子。被清朝王源推许为“春秋第一人”。

## 一

子产年轻时就表现出了远见卓识。当年，父亲公子发率兵攻打蔡国，大胜而归，郑人大喜。子产说，这恐怕会给郑国引来战祸。父亲听到后对他进行了斥责，骂他是小孩子乱讲话。后来事实验证了子产的预言。

郑国开国的几代国君，包括桓公、武公、庄公，都是有雄才大略的人，不但随东周东迁到了中原的新郑，而且还把郑国发展成了“春秋初霸”。但庄公以后，郑国内讧不止，国是日非。这时周围几个大国都发展起来了，郑国成了夹在大国之间的小国，经常没来由地被卷进大国纷争之中，加上内部各大家族争权夺利，相互倾轧，郑国陷入兵连祸结、民无宁日的境地。

子产的父亲公子发，在内乱中被杀，子产逐步走上了国家的政治舞台。郑简公十二年（前 554 年）子产被立为卿，任少正。郑简公二十三年（前 543 年），在显贵首领罕虎的支持下，子产执政。

## 二

子产充分认识到当时郑国国情是“国小而逼，族大宠多”。子产想出各种办法，加强各大家族之间的团结，在此基础上推行了一系列改革措施。虽然遭到种种阻力，但子产不为所动，矢志推进，最终收到明显的效果，受到国人的普遍拥戴。子产首先从整顿田制入手，划清土地界限，确定归属，制止土地侵占兼并；编建户籍，加强对农民的控制，明确等级秩序，对贵族官宦奖勤罚奢；同时加强田赋管理，保障兵战供应。

公元前 536 年，子产把刑法条文铸在鼎上，予以公布。这可是史无先例的事情，理所当然引起贵族们的强烈反对。既然有法可依，贵族们就失去了随意杀罚的权力，老百姓也从“刑不可知，则威不可测”的恐怖中解放了出来，打破了“刑不上大夫”的传统，明确限制了贵族特权，为依法治政开辟了道路。

## 三

子产做事光明磊落，凡事以国为重。

进行田制改革时，有人扬言要杀了子产。子产说，这是对国家有利的事，死也得做，让我停下来不可能，如果做不下去，我宁可不再执政。

有一次，大夫丰卷为了祭祀要求打猎，子产没有准许。丰卷大怒，立即召集人马要造反。为了防止内讧，给国家造成损失，子产马上提出辞官，表示要离开郑国，并说拒绝丰卷打猎并不是为了自己的利益。当时最有实力的罕虎支持子产，驱逐了丰卷。子产下令保存丰卷田产，三年后丰卷被召回国，子产把田产和三年的田地收入一块儿交还给了丰卷。按说因造反而被没收的田产是可以不发还的，由此可以看出子产的宽宏大量，不计前嫌。

子产在历史上留下的最著名典故，就是不毁乡校了。国人在乡校随便议论执政者的得失，大夫然明和子产商量，想把乡校毁了。子产不同意，说，何必拆掉乡校呢？他们在那里议论施政的好坏，他们喜欢的我们就推行，他们讨厌的我们就改正。他们都是我们的老师呀。我听说要做好事减少怨恨，没听说倚仗权势可以防止怨恨。想要很快制止这些议论难道不容易吗？只是那会像堵塞河流一样，河水大决口时，伤人更多，那时我们就挽救不了了，不如这样一直开个小口导流，把这些议论当成我们治病的良药。孔子听到了这段话后说，照这些话看来，说子产不仁，我是不相信的。孔子在《论语》中，还有一段评价子产的话："有君子之道四焉：其行己也恭，其事上也敬，其养民也惠，其使民也义。"

子产治郑二十六年而卒，丁壮号哭，老人儿啼，曰："子产去我死乎！民将安归？"意思是，子产丢下我们走了，我们该怎么办啊？

# 列 子

列子（约前 450—前 375 年），名御寇，又作圄寇、圉寇，史称列子或子列子。郑国圃田（今郑州圃田）人，是战国时期杰出的哲学家、思想家和文学家。

## 一

列子是道家代表人物之一，先秦道家创始于老子，发展于列子，集成于庄子。唐代封列子为冲虚真人，称《列子》为《冲虚真经》。

《列子》一书是道家经典。列子著述本有 20 篇，10 万多字，后多散佚，经刘向整理成 8 篇，西汉时仍盛传，永嘉之乱后残缺，后经张湛搜罗补全，存目为《天瑞》《仲尼》《汤问》《杨朱》《说符》《黄帝》《周穆王》《力命》，其中寓言故事 100 多个，如愚公移山、杞人忧天、伯牙绝弦、两小儿辩日等都是人们非常熟悉的寓言故事。

《列子》一书的内容非常广泛，反映了春秋战国时期社会生活的各个方面，包括哲学、政治、经济、军事、民俗、音乐等，是先秦散文的代表作之一。钱锺书先生这样评价《列子》："列之文词逊庄之奇肆飘忽，名理逊庄之精微深密，而寓言之工于叙事，娓娓井井，有伦有序，自具一日之长。"

## 二

列子一生安贫乐道，不求名利，不进官场，所谓"子列子居郑圃，四十年人无识者"。说"人无识"，是指社会上无名气，不和当官的打交道。亲戚邻居会不识？自己的学生会不识？

列子家中很穷，生计都成问题，饿得面黄肌瘦。有人告诉郑国宰相子阳，说列子就住在郑国，他生活困难，你何不送些粮食给他，也可落个礼贤下士的好名声。于是子阳派人送去十车粮食，列子再三感谢，但却不接受礼物。列子的妻子抱怨说："我听说有本事的人，孩子老婆都能过上好日子，我们却常常挨饿。人家宰相送粮食你又不要，我的命真苦呀！"列子对妻子说："我与子阳并不相识，他对我也不了解，只是听别人提起我，为了给自己留下好名声就给我送粮食。那以后别人要在他面前说我坏话，他岂不是也会怪罪我吗？"一年后，郑国发生叛乱，子阳被杀，和子阳亲近的人很多都被株连，列子却安然无恙。

## 三

列子修道多年，能御风而行。《吕氏春秋》说"子列子贵虚"，虚即道，表示冲虚自然、清静不执之义，是他修身养性的根本原则。

庄子在《逍遥游》中说，列子御风而行，免于走路，固然很好，但毕竟还要借助风。如果能乘天地正气，顺万物之性，修到至境，应该不用借外物也可遨游宇宙。实际上列子也在追求“体合于心，心合于气，气合于神，神合于无”的化境。

郑州现在有列子墓、列子祠。卦台仙境，原是郑州古八景之一。先人为郑州添彩，后辈亦未曾遗忘先人。如今郑州办的有列子小学、列子书院，成立有列子文化研究机构。

# 陈 胜

陈胜（？—前 208 年），字涉，阳城（今河南登封东南）人。他领导发动了中国历史上第一次大规模农民起义，占领陈地后，建国称王，国号张楚。

## 一

秦二世元年（前 209 年），陈胜被朝廷征兵，戍守渔阳（今北京密云区西南），出发前被任命为屯长。他带领九百新征戍卒，日夜兼程赶往渔阳，行至蕲县大泽乡（今安徽宿州东南刘村集）时，遭遇大雨，路断难行。按秦律，征戍兵丁，不能及时赶到指定地点，一律处斩，大伙非常着急。陈胜和另一屯长吴广商量，认为去也是死，逃跑被抓也是死，不如轰轰烈烈干一场，大不了也是个死，于是决定发动起义。

当时的人们比较迷信，陈胜、吴广就在鱼腹里暗藏了丹书，上书“陈胜王”。陈胜又暗地里派吴广晚上模仿狐狸的声音叫喊“大楚兴，陈胜王”，这更增加了大伙造反的激情。二人见时机成熟，故意激怒押送的军官，然后在众情激愤下把他们杀掉，宣布起义，一举攻下大泽乡，紧接着拿下了蕲县县城，声势浩大的农民起义爆发了。

## 二

陈胜、吴广领导农民起义后，附近农民积极响应，“斩木为兵，揭竿为旗”，纷纷加入起义队伍。起义大军从蕲县一路向西，连克铚县（今安徽濉溪）、谯县（今安徽亳州谯城区）、酂县（今河南永城西）、苦县（今河南鹿邑）、柘县（今河南柘城）、陈县（今河南周口淮阳区）。

陈胜带领义军打下陈县后，召集当地三老和豪杰共商大计。这些人也痛恨暴秦，陈县原来是楚国的地盘，大家都赞成恢复楚国，推陈胜当王，国号张楚，取张大楚国之意。

张楚政权的建立，引起了全国的反秦浪潮，各地纷纷杀官造反，响应陈胜。这时，一些贵族也打出了反秦旗号，收罗旧部，扩张势力。以陈胜为首的张楚政权，确定了主力西征，偏师略地，最终推翻秦朝统治的总方向。随后分兵各地。起义军所向披靡，很快将起义推向了高潮。

## 三

陈胜领导的农民起义军，毕竟不是训练有素的正规军队，都是“斩木为兵”的农民。先是吴广西进受阻，久攻荥阳不下，再是周文斩关夺隘，大军已逼近咸阳，终被秦将章邯所败，拔剑自刎。章邯领兵东进，夹击吴广。义军将领田臧和吴广意见不合，假陈胜名义杀了吴广。这时陈胜自己也产生了骄傲情绪，用人失察，令部分将士离心。派往各地的将领各存异志，争相称王，内部呈分裂之势，给秦军提供了反扑的机会。陈胜在陈地与秦军进行了激战，虽奋力拼搏，但还是失利，败退至城父（今安徽蒙城西北），最后被自己的车夫庄贾杀害。陈胜从起义到被害，前后只有半年时间。

陈胜、吴广虽然死了，但起义的烈火未熄。三年后，刘邦率义军杀进咸阳，最终推翻了暴秦的统治。

陈胜死后，被辗转葬在了永城芒砀山麓，这里至今仍有陈胜墓。刘邦称帝后，曾追封陈胜为“隐王”，并派兵丁守护陈胜墓，按王侯待遇礼祀。

# 邓 析

邓析（前 545—前 501 年），郑国新郑（今河南新郑）人，春秋时名家代表人物。

## 一

邓析是子产执政时的郑国大夫，他提出“不法先王，不是礼义”，这显然是和儒家唱对台戏，儒家的政治主张，就是法先王、复周礼。

邓析对子产铸鼎刑，多有批评。他的批评不是站在旧的奴隶主贵族立场上，而是比子产更激进。他私自编了一部成文法，刻在竹简上，被世人称为“竹刑”。竹刑的具体内容早已失传无考，根据他不法先王、否定礼义的思想，应该反映的是新兴统治阶级的意志。

邓析聚众讲学，传授法律知识，教导诉讼方法，同时承揽官司。《吕氏春秋》记载他“与民之有狱者约，大狱一衣，小狱襦裤，民之献衣襦裤而学讼者不可胜数”。看来，邓析通过收取培训费和诉讼费，小日子过得不错。

## 二

邓析有一个重要观点就是“两可说”。“以非为是，以是为非，是非无度”，用正统观点来看，肯定是诡辩。但事情没那么简单，荀子说邓析：“不法先王，不是礼义，而好治怪说，玩琦辞，甚察而不惠，辩而无用，多事而寡功，不可以为治纲纪；然而其持之有故，其言之成理，足以欺惑愚众。”意思是说邓析就爱说怪话，好挑刺，干不成啥事，不能用他的话治国理政，可是他说的也有道理，老百姓信他的。所以你不能把他当成一个讼棍、一个泼皮去看。

邓析的治国思想，要做到君无“三累”，臣无“四责”。“三累”就是唯亲所信、以名取士、近故亲疏，“四责”就是受重赏而无功、居大位而不治、理官而不平、御军阵而奔北。这些话是很有道理的。他认为君做好君应做的事情，臣尽到臣应尽的责任，国家就安定了。难道能说这没有道理？

## 三

《吕氏春秋》中还记载了一桩邓析的逸事，很能反映他的“两可说”。洧河发大水，郑国一个人淹死了，有人把尸体捞了上来。死者家属去索要尸体，捞人者要家属高价赎回。死者家属去找邓析帮忙，邓析说，你回去等着吧，他们除了卖给你，又没法卖给别人。捞人者弄个尸体处理不掉，也找邓析帮忙，邓析说，你回去等着吧，他们除非在你那儿买，别的地方又买不到。

邓析数难子产，有人说子产不胜其扰，“执而戮之”，杀了邓析。我觉得这不太可信，以子产的肚量和执政理念，不至于干出这么小肚鸡肠的事，不毁乡校就是证明。据钱穆先生考证，杀掉邓析的应该是姬驷歂。姬驷歂是继子产、子大叔之后的郑国执政。据说，他虽然杀了邓析，但却实行了邓析的“竹刑”。

# 苏 秦

苏秦（？—前 284 年），字季子，战国时期著名的外交家、谋略家。现存苏秦墓有多处，今巩义鲁庄镇苏家庄村便有一处苏秦墓。

## 一

苏家庄现在是一个有数千人口的大村，村南有苏秦墓，《河南府志》和《巩县志》都有记载。

苏秦家世代为农，家境不宽裕。苏秦从小很有抱负，想干一番事业。先是师从鬼谷子先生，学了些年，自以为可以了，就辞别老师出外谋事。那时候的知识分子，倒是很自由，尽可以到处去申说自己的主张，显示自己的本领。你没真本事不行，有真本事，也得有人信你，有人赏识你。苏秦转了一圈，带的钱花光了，黑皮袄也磨破了，却没人赏识他。回家后受到的冷落，更让苏秦尴尬。妻子正织布，看见苏秦回来连织布机也不下，嫂子连饭也不做，意思是一个大男人，不在家好好种地，出外溜达个啥，耍嘴皮子能当饭吃？苏秦反思自己，认为不是那些当官的不识货，而是自己学问不到家，于是更加勤奋、更加刻苦地读书长本事，留下了著名的“头悬梁，锥刺股”的故事。

## 二

经过一段时间的苦学，苏秦又外出谋事，这次他对自己很有把握。他先见了周显王，周显王手下那些大臣认识苏秦，都瞧不起他，周显王也不信任他。他又到秦国游说秦惠王，秦惠王认为苏秦说的时机根本没到，加上刚处死商鞅，讨厌这些说客，未采纳他的建议。接着苏秦来到赵国，赵国的国相是赵肃侯的弟弟赵成，赵成不喜欢苏秦，自然苏秦在赵国也待不下去。最后苏秦到了燕国，终于得到了燕文侯的赏识。

苏秦到燕国，也是等了一年多才见到燕文侯。苏秦说燕国战略上不对，整天担心千里外的秦国，而不顾忌强邻赵国，建议燕国和赵国结好，以安燕国。燕文侯说，你如果能用合纵之计，保燕国安定，愿举国相报。于是燕文侯资助苏秦车马，让他去游说赵国。

苏秦这次来赵国和上次大不同，赵成已经死了，苏秦直接见赵肃侯，指出赵国和韩国、魏国相互依存的关系，说明自己合纵抗秦的主张，并建议赵肃侯出面组建六国联盟，六国一体，秦不敢东犯，赵国霸业可成。赵肃侯采纳了苏秦的合纵建议，资助他去游说其他国家。

苏秦到韩国见韩宣王，说韩国现在兵精器利，如果屈服秦国，秦必要求割让宜阳、成皋等地，可秦国永不满足怎么办？韩宣王按剑长叹："我虽然没有什么才能，但也决不去侍奉秦国，既然赵王有了主意，韩国听您安排。"

苏秦到魏国见魏襄王，说魏国地虽小而人多，国富兵强，如今屈服于秦国，若魏国将来真受到秦国攻击，没有哪个国家会来帮忙的，赵王派我来谈合纵的事情，想听听您的意见。魏襄王说："还没听过这么贤明的指教，愿举国相从。"

苏秦到齐国见齐宣王，指出齐国四面天险，兵精粮足，国家强大，不像韩国、魏国邻近秦国，容易受欺负，所以齐国没必要屈服于秦国。齐宣王说："我不聪明，又地处偏僻，既然赵王派您来，齐国愿听先生安排。"

楚国地大物博，是列国中实力最强的国家，苏秦对楚威王说，楚强则秦弱，秦强则楚弱，合纵楚可称王，连秦秦可为帝。秦虎狼之国，早有吞并六国之心。楚威王说："秦欲灭楚，不可调和，楚独抗秦，未必能胜，您说诸侯团结，保国安定，楚国同意加盟。"

公元前 333 年，六国达成合纵联盟，在赵国洹水（今河南安阳洹河，亦名安阳河）歃血为盟，结为兄弟，共抗强秦。任命苏秦为从约长，兼六国国相，佩六国相印。

## 三

合纵成功后，苏秦路过洛阳，周显王洒扫道路，派人到郊外犒劳。路过家乡，苏秦的家人匍匐于地，不敢仰视。

苏秦合纵成功，说明他深谙天下情势，熟知各国现状，每到一国都能切中要害地说服当权者，使六国能实现众弱抗一强的局面，苏秦真不愧为杰出的外交家。合纵的成功，使秦国 15 年不敢东向。合纵虽然符合六国利益，但经不起各国的人事更迭和个别矛盾冲突，因为六国联盟并没建立起有效的保障机制，一个环节出问题，整个链条都崩坏。所以合纵只能延迟秦统一六国的步伐，并不能由六国联盟来实现天下统一，这与天下大势是不合的。

司马迁评苏秦：其智有过人者。

桑弘羊说：苏秦、张仪，智足以强国，勇足以威敌，一怒而诸侯惧，安居而天下息。万乘之主，莫不屈体卑辞，重币请交，此所谓天下名士也。

# 申不害

申不害（约前 385—前 337 年），亦称申子，郑国京邑（今河南荥阳东南）人。战国时期的思想家、政治家，法家的创始人之一，以“术”著称，著有《申子》。韩国灭郑后，韩昭侯用申不害为相 15 年，“内修政教，外应诸侯”，使国内百姓安居乐业，外无敌国相侵。

## 一

申不害原为郑国小吏，郑被韩灭后，又为韩国低级官吏。

公元前 359 年（韩昭侯四年），魏国出兵伐韩，魏强韩弱，韩国群臣束手无策。危急关头，申不害主张示弱，建议韩昭侯执圭朝见，满足魏王的虚荣心。韩昭侯采纳了申不害的建议，觐见魏王以表谦恭拥戴之意，魏王果然立即撤兵，并结约友邦。申不害由此令韩昭侯刮目相看，逐渐成为韩昭侯的重要谋士。

公元前 353 年，魏国伐赵，赵求救于齐、韩。韩昭侯拿不定主意，征询申不害的意见，申不害没有立即回答，而是做了些调查，摸清韩昭侯的真实想法后，进言联合齐国伐魏救赵，魏果然回师自救，这就是历史上著名的“围魏救赵”的故事。

韩昭侯发现申不害是个不可多得的人才，力排众议，破格拜其为相。

## 二

申不害在韩昭侯支持下，进行了一系列改革。第一，整顿吏治，加强君主集权统治，做到“见功而与赏，因能而授官”；第二，振国强兵，收编贵族私家亲兵，编入国家军队，严格训练，提高战斗力；第三，鼓励多垦荒地，多产粮食；第四，重视手工业发展，特别是兵器制造，一时有“天下之宝剑韩为众”“天下强弓劲弩，皆自韩出”之说。申不害为相15年，使韩国与齐、楚、秦、赵、魏、燕，并列战国七雄。

申不害在早期法家中，以重“术”著称，但他并不是主张脱离“法”和“势”的术。他认为“法”是大原则，是公开的，要“正名责实”，用以监督考核臣下尽到责任。“势”是君王所独有，是君王的本钱，要慎用。“术”是君王驭臣的方法，是藏在君王心中的，君王要善于掌握臣下的缺点和心思，以便有效控制臣下。

申不害过于重视“术”，过于依赖君王本人的才能，而没有国家长治久安之策，所以韩昭侯去世后，韩国很快就衰落了。但他的重术思想，也得到了历代封建帝王的重视。

# 嵇 含

嵇含是西晋时的文学家、植物学家，诗文存世不多，但他的《南方草木状》一书，可以说孤篇盖世，也因此奠定了他在我国乃至世界植物学界的地位。

## 一

嵇含，字君道，生于巩县亳丘（今河南巩义鲁庄镇），自号亳丘子。有说亳丘就是商汤桑林祷雨的西亳，故称亳丘。

嵇含的曾祖父嵇昭和祖父嵇喜，都仕魏为官。叔祖父嵇康，是著名的“竹林七贤”之一。父嵇蕃官至太子舍人，叔父嵇绍是嵇康的儿子，以侍中从帝战于汤阴，血溅御服而死，被世人称颂为忠烈典模。嵇含是叔父嵇绍抚养长大的，一直到出外做官，才离开嵇绍。嵇含出身书香门第，少而好学，文武全才，与陆机、陆云兄弟和葛洪都是好友，葛洪称嵇含“一代伟器”。

嵇含受家风濡染，性情刚直，加上又有才情，难免招忌。在襄阳的镇南将军刘弘帐下，与司马郭劢不合，在夜里被司马郭劢掩杀，时年 44 岁。晋怀帝即位后，追谥他曰“宪”，以表彰他的忠心。

## 二

嵇含戎马倥偬之余，对花草树木很感兴趣，他利用居官之便，经过长期观察研究，撰写成《南方草木状》一书。

该书分上、中、下三卷，将我国南方植物根据不同性状，详细分为草、木、果、竹四大类，共 80 种。卷上草类 29 种；卷中木类 28 种；卷下果类 17 种，竹类 6 种。这些植物不仅涉及岭南地区，还涉及其他地区。各种植物的形状、生长区域、栽培技术、食用价值和药用价值，嵇含都进行了记述，《南方草木状》是一部集农学、林学、园艺、中医药学为一体的植物学专著。

该书纲目分明，条分缕析。形式上分条叙述，互不牵连，可以独立成篇。加上文字雅驯、笔法灵活，长则数百字，短则十余言，读如随笔小品，趣味盎然。该书不但写植物本身，也写哲理，也写风土，甚至逸闻趣事、民间传说，也挫于笔端，融汇一鼎。

## 三

《南方草木状》还开了生物防治病虫害的先河，嵇含总结记载了用黄猄蚁防治橘树害虫的方法。黄猄蚁是南方生长的一种黄蚂蚁，主要以昆虫幼虫为食物，南方多橘树，害虫多，农民就利用黄猄蚁的特性，把其迁入橘园，人工分群，使害虫不致成灾，保障生产。嵇含将其写进该书，加以推广，对这种方法的记录在全国乃至世界都是第一次。

该书记载的无土栽培技术，也是全国乃至世界最早的。蕹菜就是我们现在的空心菜，可以枝条扦插繁殖，当地农民为了节约土地，利用蕹菜喜水的特性，用芦苇编成筏子，插上蕹条，放入水中，过一段时间，就长出可食的蕹菜来。

该书还有关于花雕酒的详细记载："南人有女数岁，既大酿酒，既漉，候冬陂池竭时，置酒罂中，密固其上，瘗陂中。至春潴水满，亦不复发矣。女将嫁，乃发陂取酒，以供贺客，谓之女酒，其味绝美。"这就是今天的花雕，今天的女儿红啊！这也说明嵇含是一个十分热爱生活的人，只可惜生于乱世，不得自全。

# 桑弘羊

桑弘羊（前 152—前 80 年），西汉著名理财专家，统管中央财政 40 年。今巩义鲁庄镇桑家沟村有桑弘羊墓。

## 一

桑弘羊出生在一个大商人家庭，从小聪明伶俐，又接受了良好的教育，更显卓荦不群。他帮助父亲算账，从不用算筹，被乡里视为神童。

有一年，父亲带小桑弘羊一起去长安做生意，他的聪明才智轰动京城，汉武帝听说后，召见了他。13 岁的桑弘羊，不卑不亢，对答如流，深得武帝喜欢，被留在宫中出任侍中。桑弘羊整天跟在武帝左右，眼界大开，他一边孜孜不倦地读书，一边留心国家大事。由于擅长心算，他对国家经济大事抱有浓厚兴趣。

汉武帝是一个有雄才大略的皇帝，到了中年以后，变得好大喜功、迷信神仙，在国内到各地巡游，对外又连年征战，造成国库空虚、财力匮乏。关键时刻桑弘羊走上了管理国家财政的岗位，先后任大农丞、大司农、搜粟都尉等要职。

## 二

桑弘羊在经济方面不断提出建议，国家财政逐渐充裕。

一是实行禁榷制。就是实行盐、铁、酒专营，这些都是人们须臾离不了的生活用品，伴有巨额利润，实行国家垄断，立即明显增加了国家财政收入。

二是实行均输法。改变郡国贡赋办法，各郡国上交贡品，一律按当地市价，折合成产品交给国家，由均输官调剂到短缺地区销售。这样既稳定了市场便利了百姓，又减轻了郡国负担，还使国家收到了丰厚的差价，是一个两全其美的政策，但损害的是相关衙门的利益。

三是实行平准法。在京师设平准官，专管收集各地货物，物价贱时买进，物价贵时卖出，平抑物价，稳定市场。

四是统一币制。汉朝初年，国家对铸钱采取放任的态度，货币的大小不一、轻重不一，私铸盗铸成风，政府虽然不断打击此种风气，但货币市场仍然混乱不堪。桑弘羊给武帝建议：取消郡国铸币权力，指定上林苑水衡都尉下属的钟官、技巧、辨铜三官分别负责鼓铸、刻范和原料，郡国把铸钱销毁，把铜上交，然后发行全国统一货币。这次币制改革是一次创举，将汉朝币制彻底稳定下来，使汉五铢钱一直流通至隋。

但桑弘羊为了增加国库收入，也给汉武帝出过馊主意，就是卖官鬻爵，这虽能暂时缓解财政压力，但从长远来看必定扰乱吏治，贻害国家。

## 三

汉武帝去世，昭帝即位，桑弘羊是顾命大臣之一。昭帝时仍实行武帝时的经济政策，但这些政策在执行过程中，也逐渐暴露出一些弊端，掀起了一场否定盐铁专卖的风暴，这就是历史上著名的盐铁会议。贤良文学之士为一方，桑弘羊为一方，双方展开了激烈的辩论。桑弘羊引经据典，剖物析理，讲盐铁专卖对国家立国的重要性。那些贤良文学之士虽众，但被桑弘羊批驳得哑口无言。皇帝和了稀泥，只放开了酒类市场，盐铁继续专营。到宣帝时，学者桓宽根据辩论记录写成了著名的《盐铁论》。

昭帝元凤元年（前 80 年），发生“燕王之变”，也就是燕王旦与昭帝争夺皇位，桑弘羊牵连其中，结果霍光杀了桑弘羊一家。实际上桑弘羊与霍光政见上已有了分歧：昭帝一即位，霍光主张按武帝轮台诏实行休养生息，桑弘羊坚持按轮台诏前的积极进取政策行事。两位顾命大臣之间产生了矛盾，加上桑弘羊为子弟请官遭霍光拒绝，两人的矛盾进一步加深。所以桑弘羊参与进“燕王之变”，并非一时糊涂冲动行事，而是想要再次进行权力分配，但最终演变成了大悲剧。

终其一生，桑弘羊不愧为伟大的改革家、理财家。他对汉武帝时的宏伟事业，给予了坚实的财力支持。

# 潘 安

潘安，字安仁，真名潘岳，世称潘安，别名檀郎、檀奴。祖籍中牟，生在巩义。

## 一

知道潘安的，首先知道他是个美男子。有人说他是中国古代十大美男之首，另外九位是卫玠、子都、宋文公、宋玉、兰陵王、嵇康、韩子高、慕容冲、独孤信。

《世说新语》有“潘岳妙有姿容，好神情。少时挟弹出洛阳道，妇人遇者，莫不连手共萦之”，《语林》有“安仁至美，每行，老妪以果掷之满车”，留下了“掷果盈车”“掷果潘郎”的美谈。

潘安真实相貌，史书并无具体描写。一代人自有一代人的审美标准，根据目前存世的晋代绘画作品，其男性贵族大致是身高挺拔，浓眉大眼，良鬓美髯，衣着飘洒临风，仪态阳刚儒雅，即所谓的“魏晋风骨”，想潘安就是这类人物的典型代表。

经过历史的淘洗，潘安成了中国文化中美男的代名词。比如“貌若潘安”“貌比潘安”“貌似潘安”“貌赛潘安”“潘安再世”。

## 二

潘安可不是空有美貌，还是个大才子。当时他和陆机并称，有云“潘才如江，陆才如海”。钟嵘在《诗品》中列二人为上品。

潘诗在文学史上评价并不高，最著名的是其真情流露的三首《悼亡诗》和《关中诗》。

潘安应当说开了悼亡诗先河，潘安之前的此类诗不显，之后就到唐宋了。他和杨氏一起生活了23年，感情甚笃，杨氏亡故后，潘安一直念念在兹，并没有续弦再娶。《悼亡诗》第一首中有“望庐思其人，入室想所历”“流芳未及歇，遗挂犹在壁”，第二首中有“床空委清尘，空虚来悲风”“寝兴目存形，遗音犹在耳”，第三首中有“徘徊墟墓间，欲去复不忍”“孤魂独茕茕，安知灵与无”，读之令人泣下。

潘安存赋20多篇。他的赋在当时就很知名，如《西征赋》《秋兴赋》《藉田赋》《闲居赋》等，即使抒情小赋如《怀旧赋》《悼亡赋》等，也写得清丽和畅。

## 三

潘安有一定的治理才能，但远称不上杰出的政治家。可他偏偏热心功名，趋势附利，结果上演了那个动乱年代实难逃脱的人生悲剧。

他曾为河阳县令，为官清廉，颇有治绩，人民安居乐业。他带领全县百姓遍植桃李，因此被称为“花县令”。后世用“河阳”“潘令”“潘河阳”“河阳一县花”誉称潘安。

潘安当时文名太盛，又不甘心沉沦下僚，遂投身到贾充门下。贾充就是晋惠帝皇后贾南风的父亲，也是杀害高贵乡公曹髦的指挥。贾南风与侄子贾谧勾结，把持朝政，潘安极力攀附贾谧。一次潘安在路上遇到贾谧经过，竟站在贾谧车驾扬起的尘土中，低首长拜，不敢抬头，这就是被后人嘲讽的“拜路尘”的故事。贾谧当时附庸风雅，开阁延宾，搞所谓“金谷雅集”之类的文学活动。依附贾谧的文人集团号称“文章二十四友”，其中有陆机、陆云、左思、刘琨、石崇等，以潘安为首。当然潘安的官职，也一路升为著作郎，转散骑常侍，又迁给事黄门侍郎。

在贾后与贾谧合谋废愍怀太子时，据说贾后逼愍怀太子抄写的自废文稿，就是出自潘安，这真是潘安一生中洗不掉的政治污点。愍怀太子被废后，赵王司马伦发动兵变，废贾后为庶人，诛杀贾谧及其党羽。孙秀早年曾受到过潘安的奚落，这时潘安害怕被杀，遇见孙秀想缓和关系，以讨好的口气问：“孙令犹忆畴昔周旋不？”孙秀傲然用《诗经》中的句子回答：“中心藏之，何日忘之？”后来孙秀以谋反罪名将潘安夷三族。

生于乱世，固难全命，但不助纣为虐，不失道德底线，当是一个知识分子做人的起码追求。

# 寇谦之

寇谦之（365—448 年），名谦，字辅真，祖籍上谷昌平（今北京昌平区），后徙居冯翊万年（今陕西西安临潼区北），在嵩山修道 30 年，是著名的道教改革家，新天师道（北天师道）的创始人。

## 一

寇谦之自称是东汉雍奴侯寇恂的十三世孙。其父寇修之，前秦东莱太守；其兄寇赞，北魏初任南雍州刺史。寇谦之“早好仙道，有绝俗之心；少修张鲁之术，服食饵药，历年无效”。传说仙人成公兴，初为谦之家佣工，一次指点寇谦之用《周髀算经》成功演算七曜，谦之奇之，欲拜成公兴为师，成公兴坚决不允，遂相携入华山采食草药，不复饥。

嵩山号称道教三十六小洞天的第六洞天，是修道圣地。寇谦之随成公兴隐居嵩山，成公兴尽授谦之修炼秘诀。谦之聪明好学，潜心修炼七年。成公兴告诉寇谦之自己要回天宫了，临行嘱咐道：“你潜心道教，志向可嘉，但尘缘未了，七情六欲未断，难赴仙路，不过，若加勤奋，将来可为帝王之师，亦为大器。”成公兴去后，寇谦之守志嵩山，精修不辍。

## 二

寇谦之坚持修行 30 年，养成一副仙风道骨的形象。他看清了天师道当时的弊端：一是农民起义善用天师道作旗帜，朝廷对之有忌讳，不喜欢；二是天师道管理松懈，乱象丛生，名声不好，为士大夫所不满。寇谦之决心对天师道进行刮骨疗毒式的改革。

当时北魏太武帝崇道抑佛，整顿天师道正是统治阶级的需要。寇谦之宣称：早在北魏神瑞二年（415 年），太上老君已亲临嵩山授他天师之位，并赐予《云中音诵新科之诫》二十卷，传其服气导引之术；令其秉此新科，除去伪法，清整道教。泰常八年（423 年），寇谦之称，太上老君玄孙李谱文亲临嵩山再授《箓图真经》六十卷，命他辅佐北方太平真君（指北魏太武帝拓跋焘），统领“人鬼之政”。次年寇谦之到魏都平城（今山西大同），献道书于太武帝。最初太武帝并不重视，左光禄大夫崔浩大加称赞推荐，才引起太武帝重视，后太武帝派使者往祭嵩山，并迎接寇谦之的学生来平城。太延六年（440 年），寇谦之称太上老君复降，授太武帝为太平真君，太武帝遂改元太平真君。又过两年，太武帝亲至道坛受箓，封寇谦之为国师。至此，天师道大盛，北魏历代皇帝崇信不衰。

## 三

寇谦之对天师道的改革是比较彻底的，他主张唯贤是授、儒道兼修，同时又引佛入道，宣扬六道轮回，创立道教斋戒符箓的典章制度，使天师道面貌焕然一新，所以被称为新天师道或北天师道。

寇谦之对道教的改革主要有以下几个方面：一是坚决反对利用天师道反抗朝廷；二是废除征收租米钱税的制度；三是废除私授教职和一些教职的世袭制度，唯贤是用，唯才是举；四是修订戒律、科仪，规范戒律行为，用忠孝思想作为道士的行为准则。

经寇谦之改革的天师道和以前的天师道有了显著区别，天师道从民间进入了殿堂。寇谦之之后，天师道的思想体系和斋醮仪式又经过历代道教大师的丰富、发展、完善，道教成为中国土生土长的宗教，成为中国传统文化的重要构成元素。

# 杜 甫

杜甫（712—770 年），字子美，自号杜陵野老，河南巩县（今河南巩义）人。他是我国唐代伟大的现实主义诗人，和大诗人李白并称“李杜”，后人称他为“诗圣”，称他的诗为“诗史”。

## 一

杜甫故里位于巩义站街镇南瑶湾村，南瑶湾村有一座形态如笔架的山，山下有窑洞，人们把这窑洞叫杜甫诞生窑。

南瑶湾村坐落在洛河岸边，按杜甫自己的回忆，这里倚山面水，梨枣成行，柳条弄色，梅花满枝。

杜甫儿时与小伙伴经常玩耍的河滩，就是巩义八景之一的“市河烟柳”所在处。洛水自西而东，被鸠龙岭所阻，然后折而向北入黄河，转弯处留下一潭碧水，因水碧如玉，被人们称为瑶池。坐落在瑶池两边各有一个村子，北边的叫北瑶湾村，南边的叫南瑶湾村。池水粼粼，岸柳依依，“露从今夜白，月是故乡明”，这里就是杜甫他年忆起的柳树含烟、明月照水的故乡。

杜甫在回忆童年的诗中写道："忆年十五心尚孩，健如黄犊走复来。庭前八月梨枣熟，一日上树能千回。"可见杜甫儿时的生活是多么快乐有趣。但杜甫一生漂泊四处，仕途坎坷，对故乡只能是一次次地去回忆。写这首诗时，中原板荡，杜甫正避乱于四川，当时他的好友高适也因中原战乱住在四川，在给杜甫的《人日寄杜二拾遗》诗中写道："人日题诗寄草堂，遥怜故人思故乡。柳条弄色不忍见，梅花满枝空断肠。"

宋代王安石化用杜甫"秋风楚竹冷，夜雪巩梅春"诗，在《送直讲吴殿丞宰巩县》中写道："更忆少陵诗上语，知君不负巩梅春。"

清代桑调元过巩县时，写有《杜工部故里》诗："青山入巩洛，秀色超尘寰。钟英产诗老，悲歌成史编。契稷辄自许，高李空随肩。东郊伤瘦马，西川拜杜鹃。我行敬草树，式此南瑶湾。呜呼斯人逝，吟者无其贤。"

## 二

杜甫一生仕途蹇滞，但却出生在官宦之家，甚至和李唐宗室也能扯上点儿关系，"生常免租税，名不隶征伐"，可见杜甫生在不缴租税、不服兵役的人家。

晋代杜预是杜甫远祖。杜预是京兆杜陵（今陕西西安）人，杜甫很为这位先人骄傲。杜甫在长安时，曾住在城南杜曲，那是祖上生活过的地方，所以屡自称"杜陵野老""少陵野老""杜陵布衣”“京兆杜甫”。杜预是西晋镇南大将军，文武全才，人称“杜武库”，是同时进入文庙、武庙的人物。杜甫在首阳山杜预墓地卜居，祭文中有“小子筑室首阳之下，不敢忘本，不敢违仁”。

杜预第三子杜耽，曾官晋凉州刺史。杜耽第九代孙杜依艺，即杜甫的曾祖父，为巩县令，这时杜家始居巩县。杜依艺的儿子杜审言，即杜甫的祖父，又是杜甫念念不忘的一位先人。杜审言在武后时因文采授著作佐郎，迁膳部员外郎。杜审言与李峤、崔融、苏味道并称“文章四友”；诗与宋之问、沈佺期齐名，是五言律诗的奠定者之一，《和晋陵陆丞早春游望》是其代表作，“独有宦游人，偏惊物候新。云霞出海曙，梅柳渡江春”是传世名句。杜甫在《宗武生日》一诗中告诫儿子：“诗是吾家事，人传世上情。”

杜甫的父亲杜闲，没做太大的官，任兖州司马，终奉天（今陕西乾县）令。杜甫的母亲是清河大族崔氏女，因死得早，在杜诗中很少出现，但杜诗中有不少杜甫和其舅父、表兄弟交往的记录。杜甫的外祖母是唐太宗第十子纪王李慎的孙女；杜甫外祖父的母亲是舒王李元名的女儿，李元名是高祖李渊的第十八子，是太宗李世民的弟弟。杜甫一生虽然没有沾上这个官宦世家什么油水，但在思想感情上还是受到了影响。

## 三

杜甫一生漂泊，晚年更是归乡情切，特别是安史之乱后，当时杜甫在梓州，听到故乡光复，那种喜极欲狂的情态，在著名的《闻官军收河南河北》诗中表现得淋漓尽致："剑外忽传收蓟北，初闻涕泪满衣裳。却看妻子愁何在，漫卷诗书喜欲狂。白日放歌须纵酒，青春作伴好还乡。即从巴峡穿巫峡，便下襄阳向洛阳。"世事延蹇，杜甫并没能回到他朝思暮想的故乡。

大历五年（770 年）秋，杜甫流落到耒阳，遇大水受阻，后病死舟中，时年五十九岁。因家人无力回乡安葬，只好把诗人暂厝岳州。四十三年后，由其孙杜嗣业将遗骨运回故乡安葬，途经荆州时遇到元稹，元稹为杜甫作墓志铭。归乡后，先葬骨于首阳山杜预、杜审言墓侧，后又移骨于巩义康店镇康南村西的邙山岭上，即现今的杜甫陵园。生前流徙，死后数迁，最后杜甫总算又长眠在了他的出生之地。后人到巩义，既可参观诗人出生地笔架山下的诞生窑，又可凭吊诗人安息的邙岭。

# 李 颀

李颀祖籍河北赵县，他一生和郑州有着解不开的缘分。他少时寓居登封，家本富有，家道中落后他就隐居颍阳（今河南登封西）苦读十年，开元二十三年（735 年）考取进士，曾任新乡县尉，不久辞官，隐居嵩山的“东川别业”。

李颀是唐代著名边塞诗人，风格豪放，沉雄苍凉，当时诗名很高，擅长五、七言歌行，七言律诗尤为人推崇。最著名的诗篇有《古从军行》《古意》《塞下曲》等。

李颀善交游，和王维、高适、王昌龄、綦毋潜等多有往还，酬和应答，《全唐诗》存李颀诗三卷。

李颀还善用诗歌表现音乐和塑造人物。例如：《听安万善吹觱篥歌》《听董大弹胡笳声兼寄语弄房给事》《琴歌》等，诗中笑“世人解听不解赏”，说明他本人对音乐是很有造诣的。

李颀晚年在嵩山炼丹修道，王维在《赠李颀》中说：“闻君饵丹砂，甚有好颜色。”李颀自己有一首《渔父歌》，最能代表他晚年的生活追求：“白头何老人，蓑笠蔽其身。避世长不仕，钓鱼清江滨。浦沙明濯足，山月静垂纶。寓宿湍与濑，行歌秋复春。持竿湘岸竹，爇火芦洲薪。绿水饭香稻，青荷包紫鳞。于中还自乐，所欲全吾真。而笑独醒者，临流多苦辛。”

我最喜欢李颀的《古从军行》一诗，既充满慷慨雄壮的英雄之气，又有明确的反战思想。有一年我去参观凭吊新疆吐鲁番的交河故城，久久盘旋在脑海里的都是《古从军行》中的诗意。“白日登山望烽火，黄昏饮马傍交河”，当时总觉得自己就是那戍边日久的士兵。“年年战骨埋荒外，空见蒲桃入汉家”，似乎自己就是那归乡无望的征人，不知哪一天就战死沙场，连马革裹尸都不可能，只能戈壁埋骨，早晚化成随风吹动的黄沙，不知何年才能吹落到故乡。李颀的诗意，占据了我当时的整个心绪，胸中如云波翻滚，直到有人提醒说，走了，上车了，才回过神儿来。

# 郑 虔

郑虔（691—759 年），字趋庭，又作若齐、弱齐、若斋，郑州荥阳（今属河南）人。唐代著名文学家、书法家、画家。

## 一

郑虔大约在景云元年（710 年）进士及第，开元四年（716 年）入仕，补率更寺主簿。后历任左监门录事参军、尚乘直长、太常寺协律郎、左青道率府长史、广文馆博士、著作郎等。安史之乱后，郑虔因曾在安禄山军中任职被贬任台州司户。

至德二载（757 年），郑虔以老弱之身，来到台州任所。当时台州地处偏僻，教化未开，真是“一州人怪郑若齐，郑若齐怪一州人”。郑虔没有抱怨命运，没有抱怨民众，没有抱怨官小，以开化文风为己任，首办官学，选优秀子弟而教之，使当地民风渐淳，士风渐浓。

据传，后来皇帝大赦天下，郑虔有机会重回中原，但当地老百姓都挽留他，村庄因此得名“留贤”。一日他和自己的学生林元籍等游台州西郊八叠岭，看到笋出石旁，随口吟一联“石压笋斜出”，林元籍应声对出工整的下联“谷阴花后开”，郑虔感到十分高兴，决定继续留在台州，教育后昆，一直到去世，最后长眠于台州。

台州人尊他为“台郡文教之祖”。郑虔在台州任职，还留下了户曹巷、若齐巷、广文路、广文坊、广文井等地名。近代喻长霖在民国《台州府志》中写道：是则贤吏虽多，而以官名地与台山同不朽者，独郑司户一人，信乎！官不在大，足以愧后世之高车驷马而碌碌无闻者矣。

## 二

郑虔有一次作了一幅画，献给唐玄宗。唐玄宗看了以后，赞赏不已，挥笔在画上题了“郑虔三绝”四个字。唐玄宗还专门设置广文馆，任郑虔为广文馆博士，因此郑虔被时人称为“郑广文”。

郑虔的诗、书、画流传不多，但从他人的评价看，郑虔确有不俗的成就。

《郑虔墓志》记载：“工于草隶，善于丹青，明于阴阳，邃于算术，百家诸子，如指掌焉。家国以为一宝，朝野谓之三绝。”

杜甫和郑虔，两个郑州老乡，有非同一般的交谊，常有诗文唱和。杜甫说郑虔“才名四十年，坐客无寒毡”，既称赞他的风流才华，又慨叹他的清贫自甘。

唐代韦续说郑虔的书法如“风送云收，霞催月上”。清代李煦说郑虔的书法如“疾风送云，收霞推月”。

唐代朱景玄称赞郑虔：能画鱼水山石，时称奇妙，人所降叹。元代夏文彦《图绘宝鉴》中说：“郑虔，郑州荥阳人，善画山水，山饶墨，树枝老硬。”

郭沫若在《李白与杜甫》中写道：这位郑虔，倒真是一位多才多艺的老“博士”。他能诗，能画，会写字，会弹琴；而又是星历家、医药学家、兵法家。

如今浙江临海八仙岩前建有郑广文纪念馆，赵朴初先生题额，两旁有“石压笋斜出，谷阴花后开”的对联。

# 蔡　齐

蔡齐（988—1039年），字子思，祖籍洛阳（今巩义芝田镇蔡庄村）。蔡庄村有明代“宋祥符八年状元宰相谥文忠公蔡齐故里”碑，蔡庄村西南有蔡齐墓。

## 一

蔡齐高中大中祥符八年（1015年）状元，时值宋朝鼎盛时期用人之际，宋真宗十分重视此次科考，亲自命题《置器赋》。考官从众多答卷中，择优供御览，真宗对蔡齐卷中“安天下于覆，其工可大”句多有赞赏，认为蔡齐有宰相器。廷试时，真宗见蔡齐形神磊落，进退有度，当即钦点第一，连称“得人”，诏令金吾卫士七人，“清道传呼以宠之”，后世状元“打马游街”的殊荣，自蔡齐始。

蔡齐登第不久，任潍州通判，他果断处理了一起拖延十多年、株连上百人的陈年旧案，使十余人得免死罪，大批无辜者获释。

天圣元年（1023年），年幼的仁宗即位，刘太后垂帘听政。蔡齐在担任尚书礼部员外郎兼侍御史时，不避权贵，刚正不阿。

率部驻守河阳的钱惟演请求朝廷额外增加钱饷，刘太后拟准奏。蔡齐说“皇帝初登大宝，钱惟演作为外戚，请求格外赏赐以示私恩，不应批准”，并上表弹劾钱惟演。

明道二年（1033 年），刘太后病逝，遗命亲信杨太妃继续垂帘听政，百官正要进殿朝贺，蔡齐找宰相们力争，避免了太后垂帘的重演。蜀地绅士王齐雄，是太后亲戚，因杀人受到处理，不久赦免并官复原职。蔡齐上奏说，这是“以恩废法”。仁宗试探说：“官降一等可以吧？”蔡齐寸步不让，说：“如果都仿效朝廷,以恩废法,天下会是什么样子？”皇帝只好依法治罪王齐雄。

## 二

宋景祐四年（1037 年），蔡齐因与权臣不和，辞去宰相一职，出知颍州。蔡齐对遭贬并不怨愤，而是积极为地方老百姓办事。当年正月，皇帝刚下诏“非藩镇不立学”，也就是非亲王封地不设立学校。蔡齐上奏朝廷：颍州乃京畿之地，又是大郡，应仿藩镇而立学。仁宗这时也知道蔡齐是被冤枉了，就特批颍州立学，这是宋朝第一所地方儒学。

宝元二年（1039 年）蔡齐病逝于颍州，赠兵部尚书，谥“文忠”。地方官和老百姓对蔡齐非常爱戴，指着他建设和工作过的地方，对料理后事的人说：这都是蔡知州的遗迹呀！欧阳修在给他写行状时，称颂他“在大位，临事不回，无所牵畏，而恭谨谦退，未尝自伐，天下推之为正人，搢绅之士倚以为朝廷重”。范仲淹在碑文中赞美他“浩然示至公于中外，以进贤为乐，以天下为忧，见佞色则嫉，闻善言必谢”。

《宋史》中说蔡齐“平生喜荐士”，他荐拔的杨偕、郭劝、庞籍、段少连等都是北宋一代名臣。

蔡齐一生著述甚丰，可惜都散佚了，从《小孤山》一诗，可略睹其文采。诗曰：“危峰屹立长江上，势折华胥限百蛮。鳌背孤撑青玉柱，斗杓斜插翠云鬟。月生西海初三夜，潮到东吴第一关。安得扁舟多载酒，放歌击楫浪花间。”

# 王德用

王德用（979—1057 年），字元辅。原籍赵州（今河北赵县），生于郑州管城，卒后归葬新郑小乔。

## 一

王德用随父作战，17 岁即为先锋，他率军 1 万，与李继迁在铁门关激战，一人斩首 13 级，俘获甚多。德用用兵有谋略，胆大心细，治军有方，善于抚慰部下，颇得军心，名闻四方，以至西夏、契丹人也对他敬畏有加。因他体貌雄毅面黑，人称“黑王相公”。

王德用出任邢、洺、磁、相四州巡检时，邯郸有大盗张洪霸，啸聚州界，拦路抢劫，官兵屡捕不获。王德用用毡车载勇士，佯作载装妇人，张洪霸果然前来劫掠，车里勇士趁机杀出，遂将所有盗贼一网打尽。后王德用奉命督剿陕西东路盗贼，众盗闻讯，互相告曰：“这就是擒张洪霸的那个人。”众盗于是迅即逃散离境。

## 二

王德用居功不傲，操守卓荦。

宋仁宗即位后，很欣赏王德用的才干，想任命他为枢密使，王德用向仁宗推辞说：“臣是个武将出身的粗人，有机会为国家社稷效力疆场，已很满足了。枢密使这样重要的位置，臣实不足担当大任。”仁宗派人催他上任，他只同意当了枢密副使。

御史中丞孔道辅，以王德用相貌似太祖，又在军队中很有威望，不宜在皇上身边任职为由，出王德用去边关，王德用毫无怨言，安之若素，宠辱不惊。后来孔道辅死了，有人跑来告诉王德用，以为他会很高兴，谁知王德用表现得很伤心。他说：“孔道辅身为御史，向皇上言事，是他应尽的职责，不能说他陷害我，现在朝廷损失了一个敢言直谏的大臣，所以我很难过。”王德用这种磊落胸怀，令传话人觉得自己肚量比王德用小多了。

王德用属于那种望之俨然、即之也温的人，从不凭官位欺压他人，多余的俸禄和赏赐大多散发乡邻。他病逝后，王安石写有《鲁国公赠太尉中书令王公行状》称赞他的品行，欧阳修为其神道碑亲撰碑文，可以说尽享哀荣。

如今新郑龙湖镇荆王村有王德用墓，管城故居已湮没无闻。

# 杨 朴

杨朴（921—1003 年），字契元，自号东里野民，世居新郑东里（今河南新郑薛店镇寺王村）。北宋布衣诗人，好学善诗，终生隐居不仕，为世人称道。

## 一

杨朴少年时与毕士安是同学，后来毕士安当了丞相，举荐杨朴于宋太宗，太宗爱其才，想任杨朴为官，杨朴坚辞不受，并作《归耕赋》以明志。无奈，太宗赐帛放还。

宋真宗欲访林泉间大儒高士，有人又推荐了杨朴。杨朴实在不愿做官，可是皇差说，这事你得当面给皇帝表明，杨朴不得已，进京面见真宗。真宗问：听说你会作诗？杨朴说：不会。真宗说：你来时，朋友给你送行，没有送你几首诗吗？杨朴说：没有，只有拙荆送了我一首。真宗说：那说来听听。杨朴念道：且休落魄贪杯酒，更莫猖狂爱作诗。今日捉将宫里去，这回断送老头皮。真宗听后，笑不可遏。

后真宗西行祭陵，路过郑州，特遣人赐杨朴茶、帛，并命其子从妙为官。

苏东坡坐乌台诗案要解送东京，夫人大哭，苏东坡也劝不住，就讲了杨朴的故事，问夫人：你不能像杨朴的妻子一样，写首诗送我吗？逗得夫人破涕为笑。这事是写在《苏东坡笔记》里的。

## 二

杨朴经常独自骑牛，往来东里到郭店乡间。见到丛林密处，就躺在草地上，像贾岛一样苦觅诗句，偶有所得，辄起而书就。还曾深入到嵩山险绝处，去构思诗文。

一日秋晴，杨朴钓于道旁溪中，适遇漕台陈文惠路过，陈文惠侍从呵之，杨朴不理睬。陈文惠让人把杨朴抓过来，问为何不避让。杨朴要过纸笔，写了一首诗："昨夜西风烂漫秋，今朝东岸独垂钩。紫袍不识莎衣客，曾对君王十二旒。"陈文惠一看，知是杨朴，赶快赔不是。可见，杨朴虽为布衣，却清誉声隆，足以笑傲王侯。

杨朴还有一首很有名的《七夕》诗："未会牵牛意若何，须邀织女弄金梭。年年乞与人间巧，不道人间巧已多。"意思是，也不知道这牛郎啥意思，年年让织女来织布，年年让仙女给人间传智巧，你不知道这人间的智谋奸诈已经够多了。这首诗传达的意思和他对官场钩心斗角的厌恶是一致的，所以他坚持不做官，以布衣终老乡里。谁能说杨朴不是有大智慧大修养的人呢？

# 李 诫

李诫（？—1110 年），字明仲，郑州管城县（今河南郑州管城回族区）人。北宋著名建筑学家、艺术家、学者。

## 一

李诫出生在官宦世家，曾祖父李惟寅、祖父李惇裕、父李南公、兄李谌都曾在朝廷为官。他天赋异禀，好学多才，家里藏书丰富，从小就受到了良好的家学熏陶。

李诫父亲李南公任河北路转运副使时，派遣李诫入京进献表章、物产等，李诫被朝廷恩补为郊社斋郎，并担任曹州济阴县（今山东曹县西北）县尉。最后任虢州知府，大观四年（1110 年）病逝任上。其间，自元祐七年（1092 年）开始从事宫廷营造工作，历任将作监主簿、监丞、少监、将作监，前后长达 13 年。主持营建了五王邸、辟雍、尚书省、龙德宫、棣华宅、朱雀门、景龙门、九成殿、开封府廨、太庙、钦慈太后佛寺等。

# 二

李诫于哲宗绍圣四年（1097年）奉旨撰修《营造法式》。《营造法式》成书于哲宗元符三年（1100年），徽宗崇宁二年（1103年）颁行，南宋高宗绍兴十五年（1145年）重刊。

《营造法式》总结了宋以前中国古代建筑匠师的实践经验，体现了中国土木工程建筑技术当时达到的最高水平，上承隋唐，下启明清，是一部伟大的建筑工程学著作，在中国建筑史上占有极其重要的地位。

《营造法式》全书纲目清晰，条理井然。共分五个部分，三十四卷。第一部分是名例，包括第一卷、第二卷；第二部分是制度，包括第三卷到第十五卷；第三部分是功限，包括第十六卷到第二十五卷；第四部分是料例，包括第二十六卷到第二十八卷；第五部分是图样，包括第二十九卷到第三十四卷。

《营造法式》提出了一整套木构架建筑的模数制设计方法，使不同建筑物及各部分之间尺寸统一协调，从而具备通用性和互换性。规定建筑要以“材”为依据，“材”分八等，要按建筑种类和规模选用。

《营造法式》中还制定很多工程标准，譬如在第三卷中，就有十三种一百七十六项工程标准，包括壕寨、石作、大木作、小木作、雕作、旋作、锯作、竹作、瓦作、泥作、彩画作、砖作、窑作等。

《营造法式》不但内容丰富、文字流畅，而且附有非常珍贵的图样，真可称得上图文并茂。附图一共占了六卷，包括木制构件、屋架、雕刻、彩画、装修等，图样细腻逼真。这和我国古代技术书籍重文轻图、多文少图相比，形成了鲜明对比。

总之，《营造法式》是我国古代建筑学史上一部百科全书式的鸿篇巨制，对我国的建筑技术进步起到了承前启后的重大推动作用，它也是世界上最早、最完备的建筑学著作。

## 三

李诫不但是伟大的建筑学家，而且在地理、历史、文学、音乐等方面都有很深造诣。他在书法上，篆、草、隶无所不能，家中藏书有不少都是他自己精心抄写的。他绘画功底深厚，特别擅长画马，他的《五马图》曾得到宋徽宗的高度评价。李诫一生著述丰富，计有《续山海经》十三卷，《续同姓名录》两卷，《马经》三卷，《古篆说文》十卷，《琵琶录》三卷，《六博经》三卷等。

李诫去世后，葬于今新郑市龙湖镇梅山脚下于寨村西。宋代时墓冢高大，周围多族人墓，后代渐荒。1961 年文物普查时，墓冢仅存 3 米高。2003 年，在纪念《营造法式》颁行 900 年时，有关部门对李诫墓进行了重新修整。2006 年 5 月 26 日，李诫墓被列为全国重点文物保护单位。

# 许衡

许衡（1209—1281 年）是元代杰出的政治家、教育家、天文学家、思想家，在诸多方面都有很深造诣和卓越建树，是元代百科全书式的通儒大师。

## 一

许衡原籍河内（今河南沁阳）。1208 年，许衡父母为避战乱，徙居新郑阳缓里（今河南新郑辛店镇许岗村），次年生许衡。

许衡天资聪颖，勤学好思，幼年时即有过人之处。他提的问题，有时先生都回答不了。有老师对许衡父母说："令郎聪敏过人，我不能胜任，请别延名师。"先后三位老师辞馆。

许衡长大以后更加好学，不远百里前去借书，借不成就抄书。逃难途中，偶尔得一本王弼注《老子》，兵荒马乱中，日诵不辍。后在柳城姚枢处得到了程颢、程颐和朱熹的著作，通过研读，许衡获益甚大，从而奠定了自己的思想基础和理学根底。后姚枢、窦默等隐居辉县苏门山，许衡前往求教问学。许衡认为治学要经世致用、救国安民，服膺修齐治平的儒家知识分子理想。后来在河北大名府讲学时，恭谨执教，学生匾其斋为“鲁斋”，称他为“鲁斋先生”。

有一次在逃难过程中，人们来到一棵梨树下，大家口渴难耐，纷纷摘梨解渴，唯有许衡不为所动。别人不解地问他：“你怎么不摘梨解渴？”许衡回答：“不是自己家的，岂能乱摘！”人笑他迂腐：“兵荒马乱，梨树哪有主人？”许衡正色道：“梨虽无主，难道我们的内心也无主了吗？”

## 二

蒙古宪宗四年（1254年），忽必烈受封于秦中，设京兆宣抚司，经人推荐，任许衡为京兆提学。许衡让各郡县设立学校，民大化之。秦地文化的发展，有力地支持了忽必烈的统治。

忽必烈即位后，改国号为元。召许衡为国子祭酒，总管全国教育。一天，忽必烈给翰林侍讲学士窦默说：“我很想得到一个像唐朝魏徵那样的人，可以时常给我提意见，帮助我改正缺点，不知我们朝中有没有这样的人？”窦默说：“犯颜谏争，刚正不屈，则许衡其人也。”于是，忽必烈让许衡到中书省任职。许衡连上五疏，为朝廷提出了不少立国治世的好建议。他劝忽必烈务农桑，让百姓休养生息；兴学校，让人民广被教化；实汉法，让国祚传之久远。又和刘秉忠、张文谦一起定官制、立朝议。这些措施，使元初社会迅速稳定下来，经济得以恢复，民生得以改善，达到了巩固初生政权的目的。

## 三

许衡的哲学思想来自程朱理学，他认为太极是理，是天理，“有是理而有是物”，理是世界本源。在心性上，他认为天命之性本善，但气质之情有清浊。通过存养省察，使气服于理，可以重见天理。他强调道德践履，主张在日用生活中求道，客观上具有积极意义。

许衡长期担任国子祭酒，他以乐育英才、面教胄子为宗旨，培养了很多学生。在许衡身教言传下，“数十年间彬彬然，号称名卿士大夫者，皆出其门下矣”。蒙古族学生中，后来不少人致位卿相，成为一代名臣。

许衡在天文学方面也很有造诣，忽必烈命他和王恂、郭守敬等人修订历法，他参与修订的《授时历》，是世界上最先进的历法，在我国通行了 300 多年。

许衡 73 岁病故，四方学子相聚哀哭，更有不远千里奔吊者。他的品德言行广为人们所推崇，许衡被后人誉为“元朝一人”，作为一个汉人在元朝能享此盛誉，真的是绝无仅有。

许衡墓在焦作市中站区李封村南，冢前有“元儒许文正公之墓”碑刻。

# 高 拱

高拱（1512—1578 年），字肃卿，号中玄。河南新郑人。明嘉靖二十年（1541 年）进士，朱载垕为裕王时，任侍讲学士。嘉靖四十五年（1566 年）拜文渊阁大学士，隆庆五年（1571 年）任内阁首辅。

## 一

高拱祖籍山西洪洞，祖上元末避乱迁河南新郑高老庄。他出身官宦世家，祖父高魁官工部虞衡司郎中，父亲高尚贤官山东按察司提学佥事、陕西按察司佥事、光禄寺少卿。

高拱幼承家教，“五岁善对偶，八岁诵千言”，聪颖过人。在裕王府当侍讲时，当时太子早亡，裕王和异母弟景王朱载圳，谁充太子位未定。论序应立裕王，可世宗皇帝属意景王。高拱出入裕王府，多方调护，给前途未卜的朱载垕很大安慰，彼此建立了深厚的师生情谊。

嘉靖四十四年（1565 年），景王薨于藩邸，裕王得充储位。高拱由太常寺卿升礼部尚书。嘉靖四十五年以礼部尚书兼文渊阁大学士，同年十二月嘉靖帝驾崩，裕王朱载垕继位，封高拱少保兼太子太保，以文渊阁大学士入值内阁。

## 二

隆庆四年（1570 年）八月，北边有警，高拱做了周密部署，蒙古兵知晓后，未敢犯边。后俺答汗孙子把汉纳吉因与祖父发生冲突，前来降明，高拱和张居正力排众议，接降把汉纳吉，奏请穆宗封其为指挥使，并让其穿锦衣、坐高车、骑好马游行街市。俺答汗知道消息，非常感动，遂决意和明朝和好，请封贡之事。高拱力主诏封俺答汗等人。隆庆五年（1571 年），朝廷封俺答汗为顺义王，其他各部首领封都督指挥、千户、百户等，八月又准与俺答汗互市。从此，明朝与蒙古各部结束了长达 200 年的兵戈，边地百姓放下戈矛，拿起锄头，得以过太平日子。以后的几十年中，西北边境安定无事。

高拱在两广、云贵边事上也颇多建树。隆庆初，广西古田壮族人韦银豹起兵反明，有司屡剿无效。高拱推荐殷正茂为总督往剿，不久即弭平叛乱，当地人归顺向化。隆庆四年，贵州抚臣告土司安国亨叛乱，请准予进剿。高拱不轻信这个信息，派人探察，原来安国亨未叛，而是巡抚轻信谗言，借机邀功。高拱又派员前去安抚释嫌，避免了一场涂炭生灵的战争。

## 三

高拱有不世之才，加上有皇上支持，不几年，政绩斐然。但他以才略自许，性急言苛，不能容人，这造成了他与同僚之间的仇隙。他先后把陈以勤、赵贞吉、李春芳这些重臣排挤出朝，阁臣殷士儋气不能忍，竟挥拳相向，直接击打高拱，后殷士儋也被驱逐。除张居正外，高拱将异己排除净尽，更加颐指气使，惹众非议。

隆庆六年（1572 年）正月，以高拱为柱国，进中极殿大学士，致使他更加专横。是年五月朱载垕病危，高拱想联合百僚驱逐大太监冯保。冯保是朱翊钧的人，不久朱翊钧即位，张居正指使冯保找李贵妃和陈皇后告高拱谋立藩王，欲置高拱于死地，幸赖吏部尚书杨博、御史葛守礼全力相救，方免一死。

万历六年（1578 年），高拱病逝于新郑家中，葬于县城北郊今阁老坟村。万历七年（1579 年），以“北虏称臣，功不可泯”赠复原官。

朱载垕对他的老师赞赏有加：“且值国家多事之时，先为社稷万年之计。乃通海运，乃饬边防，乃定滇南，乃平岭表。制降西虏，坐令稽颡以称藩；威挞东夷，屡致投戈而授首。盖有不世之略，乃可建不世之勋；然必非常之人，斯可济非常之事。”

傅维麟称赞高拱：“其所条奏，铨政边才，凿凿可施之当今。

练达晓畅，救时贤相也。”韦庆远称赞：“高拱是有明一代最有魄力、最有识见、最敢于改革旧制，而又能妥慎制定符合实际需要新规制的吏部尚书。”

高拱素好读书，著述丰富，为文沉宏有力，主要作品有《问辨录》《春秋正旨》《边略》等，后人辑为《高文襄公集》。

# 白居易

白居易（772—846 年），祖籍山西太原，但出生在河南新郑。出生时间是唐代宗大历七年（772 年），后来又移居到荥阳，直到 11 岁才离开荥阳，随父亲白季庚到徐州任所，当时白季庚任徐州彭城县令。

白居易有一首《经溱洧》诗，说明他出生在溱洧之上的新郑："落日驻行骑，沉吟怀古情。郑风变已尽，溱洧至今清。不见士与女，亦无芍药名。"也有一首《宿荥阳》，说明他随父亲去徐州时，确实是从荥阳走的："生长在荥阳，少小辞乡曲。迢迢四十载，复向荥阳宿。去时十一二，今年五十六。追思儿戏时，宛然犹在目。旧居失处所，故里无宗族。岂唯变市朝，兼亦迁陵谷。独有溱洧水，无情依旧绿。"

唐大和四年（830 年），白居易 59 岁，任河南府尹，在今郑州新密一带留传下来一个采煤冶陶的传说。今新密市平陌镇与登封市大冶镇交界处的香山上，有一座香山庙。庙内供奉的就是白居易。香山庙有一通清咸丰年间的石碑，碑载："相传太傅流寓于洛，以冶陶教居民，民享其利，故立庙祀之。"

清景日昣在《说嵩》中也写道："香山与密岵接趾，石质脆腻，细理续叠，遍产磁炭，居民借其利。或曰磁始于白居易尹河南时，教民作业以活，民立祠山上祀之，曰香山庙，并以名山也。”按景日昣的说法，白居易号香山居士，此山因白居易而名香山，此庙因祀白居易而名香山庙，这也反映了当地老百姓对白居易的崇敬感激之情。

白居易的诗，明白晓畅，很具平民性。白居易一生为官，在朝敢言时弊，在地方务实勤政，为百姓造福。穆宗长庆二年（822年），白居易出任杭州刺史，他疏浚李泌六井，筑西湖白堤，造福当地百姓。白居易为河南府尹时，也常下乡巡察民情，这天走到密县平陌一带，发现这里有丰富的陶土，就教百姓制陶。冶陶要燃烧大量木材，当地有丰富的煤炭，用煤炭可以代替木材作燃料，这样就可不再砍伐树木，保住青山常绿。人们把发现煤炭这份功劳也记在白居易身上。

煤炭的发现，传说有一天白居易到平陌，发现山坡上被雨水冲刷后，有很多乌黑如墨的石块，太阳一照闪闪发光。他就随手拣了几块带回去，放在书案旁的筐内。白居易这天看书乏了，就趴在书案上睡着了。他做了一个梦，梦见自己骑上一只仙鹤，直奔天宫而去，进了南天门，看到太上老君正在那里炼丹，炉火熊熊，映得太上老君更显鹤发童颜、仙气飘飘。白居易看到太上老君向丹炉里投的黑东西，就问老君这是什么宝物，老君说这是煤炭，他想向老君要一些给老百姓烧陶用。老君告诉他，你书案旁筐里放的就是。白居易高兴地说，这东西我们那里多的是。两人相视一笑，白居易醒了。于是白居易就教百姓用煤制陶，再不砍树了。今天的香山依旧树木葱茏，景色宜人，谁不念白大诗人的好呢？

# 李商隐

李商隐是晚唐著名诗人，和杜牧合称“小李杜”，与温庭筠合称“温李”，也有人把他和李白、李贺合称“三李”。

## 一

李商隐，字义山，号玉谿生，又号樊南生。祖籍怀州河内（今河南沁阳），但却生于郑州，卒于郑州。李商隐自称皇族宗亲，据有人考证，他是唐代皇族远房宗室，到他这一代，已和皇室血缘关系太遥远了。因而在科考仕途方面，沾不到皇族一点儿光。

李商隐祖上世居荥阳，他也出生在荥阳。《旧唐书》载：“会河南尹柳仲郢镇东蜀，辟为节度判官、检校工部郎中。大中末，仲郢坐专杀左迁，商隐废罢，还郑州，未几病卒。”卒后葬地今传有多处，一处是沁阳市山王庄镇庙后村，一处是博爱县江陵堡村，还有一处是荥阳市豫龙镇苜蓿洼村。荥阳市以李商隐墓为依托，建有李商隐公园。公园以李商隐诗为文化背景，建有青鸟苑广场等景观。

## 二

夕阳楼，是郑州一大名胜，是中国唐宋八大名楼之一，有说是萧澣为郑州刺史时所建。萧澣和李商隐是知交，大和九年（835年）六月萧澣被贬遂州刺史，后又被贬为司马。李商隐九月路过家乡荥阳，得知萧澣远贬，李商隐独登夕阳楼，形单影只，前路微茫，触景生情，写下了著名的《夕阳楼》诗："花明柳暗绕天愁，上尽重城更上楼。欲问孤鸿向何处？不知身世自悠悠。"诗以此楼而传诵，楼以此诗而扬名。只这一首诗，郑州人都应该记住李商隐，应该为之骄傲。

## 三

大诗人白居易祖籍太原，出生在郑州新郑。这一点和李商隐倒是一样，祖籍不是郑州，却出生在郑州。白居易晚年非常喜欢李商隐的诗文，欣赏李商隐的才华，以至跟李商隐开玩笑说："我死后，得为尔儿足矣。"白居易不但比李商隐年长，而且当时名气也远远高于李商隐，能受到长者如此褒扬，李商隐非常感激。后来李商隐有了儿子，为了纪念白居易，还真就取了"白老"的名字，可惜此儿才华非常一般，甚至说得上有些蠢笨。后来又生了个小儿子，十分聪慧。大家开玩笑说，白居易要投胎，不能投成大儿子，应该投成小儿子。

# 刘禹锡

## 一

刘禹锡（772—842年），字梦得，曾任太子宾客，世称刘宾客，和柳宗元并称“刘柳”，和白居易并称“刘白”，有“诗豪”之称，是中唐文学的代表人物之一。

刘禹锡自称是汉中山靖王刘胜之后，这一说和刘备是同宗了。祖籍多有争议，有说洛阳的，有说彭城的，有说无极的。有人考证他是匈奴后裔，祖上随魏孝文帝迁都洛阳，始改汉姓。

刘禹锡在《汝州上后谢宰相状》中自道：“家本荥上，籍占洛阳。”他和荥阳的关系，迄无争议。刘禹锡曾祖以上葬在北邙，“后其地狭不可依，乃葬荥阳檀山原”。

刘禹锡生前有“葬近大墓（祖坟），如生时兮”的遗愿，所以死后也如愿长眠在檀山原，即今荥阳市狼窝刘村南的刘禹锡墓。荥阳历代县志，均清楚记载有刘禹锡墓的确切位置。

## 二

刘禹锡青少年时期游学洛阳、长安，在士林中有很高诗名。贞元九年（793 年），刘禹锡与柳宗元同榜进士，同登博学鸿词科，两年后刘禹锡任太子宾客，不久丁忧家居。贞元十八年（802 年）任京兆府渭南县主簿，不久迁监察御史，和韩愈、柳宗元同在御史台任职，三人过从甚密。

唐顺宗时，因参与王叔文的永贞革新，刘禹锡和柳宗元等同被贬为远州司马，这就是历史上著名的“八司马事件”。元和九年（814 年）刘禹锡从朗州奉召还京，元和十一年（816 年）因写了《元和十年自朗州至京戏赠看花诸君子》诗，旋被外放连州刺史，元和十四年（819 年）因母丧离开连州。长庆元年（821 年）任夔州刺史，长庆四年（824 年）转任和州刺史。唐敬宗宝历二年（826 年）奉调回洛阳。贬谪生涯前后共历 23 年，于是就有了那首著名的《酬乐天扬州初逢席上见赠》：“巴山楚水凄凉地，二十三年弃置身。怀旧空吟闻笛赋，到乡翻似烂柯人。沉舟侧畔千帆过，病树前头万木春。今日听君歌一曲，暂凭杯酒长精神。”全诗没有一点儿落魄悲观，而是充满豪气，要不怎么称“诗豪”呢？

“百亩庭中半是苔，桃花净尽菜花开。种桃道士归何处，前度刘郎今又来。”这首《再游玄都观》诗，是因之被贬的《元和十年自朗州至京戏赠看花诸君子》的续篇，这真能看出刘禹锡那种刚毅不屈、豪朗放达的脾性。诗前小序云：“余贞元二十一年为屯田员外郎时，此观未有花。是岁出牧连州，寻贬朗州司马。居十年，召至京师。人人皆言，有道士手植仙桃满观，如红霞，遂有前篇，以志一时之事。旋又出牧，今十有四年，复为主客郎中，重游玄都，荡然无复一树，唯兔葵、燕麦动摇于春风耳，因再题二十八字，以俟后游。时大和二年三月。”

刘禹锡文章中最有名的当数《陋室铭》了，短短八十一字，道出了他安贫乐道、不同流俗的高洁志趣。《陋室铭》写在遭贬和州时。和州知县看刘禹锡被贬故意刁难，先安排刘禹锡住在城南三间面江的房子，后来又让他迁到城北门德胜河边的一间半房子，再后来又让他迁到城里一间只能容一床、一桌、一椅的小屋。刘禹锡接连搬了三次家，一次比一次逼仄狭小，无以安顿生活，遂愤然提笔写下此铭，刻石立于门前。

## 三

刘禹锡墓所在地，已被荥阳市辟为诗豪园，园前有宽阔的广场，广场正中有“诗豪园”牌坊，有十多米高刘禹锡雕像。园内有晚荷塘、归隐湖和并不简陋的“陋室”，仿建了刘禹锡因之被贬的玄都观。与诗豪园相邻的有鸿儒亭、秋日亭、怀古亭等，表现了刘禹锡的文意诗情。刘禹锡文化纪念馆、刘禹锡诗文展厅都寄托着荥阳人民对诗人的深厚感情。刘禹锡墓冢芳草如茵，坐落在蓊郁的林木丛中，供人们瞻仰凭吊。

# 后 记

我在郑州工作、生活近 40 年，我热爱这座既古老厚重又生机勃发的城市。

这本书是为我自己写的，因为我对郑州这座居住了很多年的城市，有些话想说。

这本书是为郑州人写的，我是在和熟人聊天。退休后，有人聊聊天，岂不乐哉！

这本书是为郑州以外的朋友们写的，你来郑州了，我给你介绍点儿有关郑州的情况，尽尽东道之谊。

感谢王守国、王刘纯、董中山、张前进、薛正强、黄小一、蒋验军等同志在本书出版过程中给予的帮助和支持。

张广智

2020 年 5 月 6 日